DISPARUS SANS LAISSER D'ADRESSE

Direction éditoriale : Stéphane Chabenat

Conception graphique et mise en page : Soft Office
Conception graphique de la couverture : Charlotte Thomas

Les Éditions **de l'Opportun**
16, rue Dupetit-Thouars
75003 Paris

www.editionsopportun.com

PATRICIA FAGUÉ

DISPARUS SANS LAISSER D'ADRESSE

poche

Introduction

Le titre du roman noir de Harlan Coben *Sans laisser d'adresse* résume à merveille tout ce qu'on sait d'eux avec certitude. Eux, ce sont les gens qui disparaissent de leur plein gré chaque jour en France. Comme ils le font quotidiennement depuis toujours, ils vont chercher des cigarettes au tabac du coin, ils partent à leur travail, ils sortent faire un tour pour se dégourdir les jambes… sauf que, cette fois, ils ne reviennent pas ! Et l'on aura beau faire et refaire le trajet qu'ils ont accompli ce jour-là, on ne retrouvera pas leur trace, comme s'ils s'étaient purement et simplement « volatilisés ». D'ailleurs, au Japon, où la chose est plus fréquente encore que chez nous, on les appelle « les évaporés » !

En France, on parlera plus banalement de « disparitions volontaires ». L'envie de tout plaquer et de redémarrer une vie neuve, vierge de tout poids, nous étreint tous à un moment ou à un autre. Eux passent à l'acte : balançant par-dessus bord tout ce qui les leste et menace de les faire couler, ils prennent le large.

Certains mûrissent leur départ de longue date, en organisant soigneusement les bases de leur future vie (faux papiers, sommes d'argent versées régulièrement sur un compte ouvert sous leur nouvelle identité...). D'autres partent brusquement, cédant à une impulsion qui s'impose à eux. Ceux qui reviennent au bout de quelque temps expliquent qu'ils ont dû se sauver de leur vie pour se sauver eux-mêmes, pour se réapproprier leur existence, pour se reconstruire dans un environnement nouveau ou pour retrouver la chance d'un espace neuf où se réaliser. Les autres coupent les ponts de façon définitive, ils ne reviennent jamais et ne donnent plus le moindre signe de vie à leur famille, par choix, par lâcheté, pour ne pas avoir à s'expliquer ou à se justifier, et par honte aussi, parce qu'il est si difficile de revenir une fois qu'on est parti...

Ainsi, malgré le développement des moyens de transport et de communication, des réseaux sociaux, malgré la traçabilité systématique de nos moindres faits et gestes – nos achats, nos rendez-vous médicaux, etc. –, il est encore possible, il n'a même jamais été aussi facile, de nos jours, de disparaître sans jamais être retrouvé, et ce, sans quitter la France !

Chacune des histoires proposées dans ce livre parle de ces ruptures de vie qui laissent les proches dans un questionnement inassouvi. Bien loin d'avoir représenté des « cas » à traiter, des « problèmes » à résoudre, elles restent liées pour moi à des visages, des regards empreints de douleur et d'incompréhension. À des récits singuliers qui s'exprimaient là pour la première fois, tant les maux, avec le temps, peuvent bâillonner les mots.

Ceux qui restent, plus encore que ceux qui partent, me touchent, me bouleversent et me font soulever des montagnes parce qu'ils souffrent, qu'ils ont soudain pris conscience de leurs failles, fait tomber le masque, oublié la pudeur de leurs sentiments, leur posture sociale. Alors, invariablement, à partir des informations dont ils disposent, qui se réduisent parfois à peu de chose : un nom, une date de naissance, une vieille adresse, quelques photos jaunies, je commence à « dérouler la pelote ». Je me rends sur place, j'interroge les voisins, les collègues, j'épluche les registres d'état civil, les listes électorales, les recensements de population, les registres matricules militaires. Les sources de recherches sont presque infinies, et même lorsqu'on pense avoir tout épuisé, une piste inexplorée peut toujours surgir.

Quand j'ai localisé la personne disparue, je vérifie soigneusement que je n'ai pas affaire à un homonyme, et qu'elle réagit bien à l'idée d'être « retrouvée ».

Heureusement, la plupart de ces histoires trouvent une issue heureuse, comblant le plus grand espoir des fuyards eux-mêmes. Car, sauf à avoir commis un crime, pourquoi se cacherait-on si ce n'est pour être trouvé ?

En vingt-cinq ans, j'en ai « débusqué », surpris, bouleversé, des disparus ! La plupart ne se considéraient pas comme tels, d'ailleurs, persuadés d'avoir été rejetés, sûrs de n'être pas regrettés. D'autres ignoraient ou n'avaient simplement pas conscience qu'ils avaient généré un manque, creusé un abîme dans une généalogie qui ne demandait qu'à voir croître et fleurir ses branches.

Dans certains cas cependant, en dépit de tous mes efforts, la recherche n'aboutit pas et l'enquête restée ouverte se grave dans un coin de ma tête, d'où elle me lance régulièrement ses appels…

« C'est étrange, cette fascination que tu as pour les récits de disparitions et d'abandons ! Cela doit te venir de ta grand-mère… », avait remarqué ma mère lorsque je faisais mes débuts de journaliste en 1992, dans l'émission *Perdu de vue* présentée par Jacques Pradel sur TF1. Par ces quelques mots prononcés sur un ton anodin, je découvrais l'existence d'un secret soigneusement enfoui dans la mémoire de ma famille. Avec beaucoup de patience, et l'aide constante et indéfectible de Nelly, férue de généalogie, comme on le verra en lisant le récit des multiples étapes qui ont jalonné ma recherche, j'ai pu mettre au jour ma propre histoire et retrouver tout récemment des membres de ma famille biologique.

Avec bienveillance et étonnement, nous nous sommes amusés des cachotteries de nos ancêtres. Sans trop y croire, nous avons prélevé nos salives pour les besoins du test ADN, échangé nos photos, nos anecdotes, nos souvenirs. Puis, face au fait accompli, nous nous sommes réciproquement accordé une place dans nos cœurs. D'ailleurs, nous avons découvert que, comme c'est souvent le cas, nous étions voisins. Car il n'est pas rare que les disparus s'installent à une poignée de kilomètres du lieu qu'ils ont fui. Ou qu'ils mènent généralement la même vie qu'avant, souvent en pire. On est bien loin du mythe de l'aventurier parti refaire sa vie, sous les Tropiques…

Le rêve américain

« J'ouvre une boîte de Pandore »

L'histoire de Carole se déploie sur des milliers de kilomètres.

Cette femme discrète et élégante, qui ne paraît pas ses cinquante-cinq ans, vit aujourd'hui sur l'île de La Réunion, mais c'est à Metz qu'elle a vu le jour, à la fin des années 1950. Sa mère, Monique, serveuse, noue une idylle avec un jeune soldat américain en service sur la base militaire de l'Otan. Elle ne tarde pas à tomber enceinte et donne naissance à Carole.

Pendant longtemps, Carole, que sa mère a placée en foyer d'accueil, n'en saura guère plus sur son père. Monique élude ses questions, mais lui livre néanmoins deux pièces officielles, rédigées en anglais, qui prouvent que Paul, contraint par sa hiérarchie, a reconnu sa fille, et qu'il s'engage à verser une pension à Monique le temps de sa grossesse, en échange de quoi elle doit lui donner des nouvelles de son enfant. Mais Carole n'est pas encore née que le jeune militaire repart dans son pays, aux États-Unis. Il ne donnera plus jamais signe de vie.

— Son nom, son prénom, sa date de naissance, le nom de la ville où il est né, Jersey City, et aussi quelques photos en noir et blanc, voilà tout ce que je possède de lui… Et peut-être aussi ma sensibilité à fleur de peau, qui, j'en suis sûre, ne me vient pas de ma mère ! En le recherchant, j'ai bien conscience que j'ouvre une boîte de Pandore… Mais je ne pense pas qu'elle puisse contenir autre chose que du bonheur, affirme Carole.

Partant de ces maigres indices, je me mets en quête d'éventuelles archives datant de la présence des Américains sur les bases françaises de l'Otan. Je fais chou blanc : hormis les caractéristiques des unités militaires et le nombre de soldats déployés en Moselle, aucune donnée nominative n'a été répertoriée. Je me rabats sur un de mes contacts outre-Atlantique : un généalogiste canadien spécialiste de l'état civil d'Amérique du Nord. Rapidement, il retrouve la trace de quelqu'un du même nom, mais né trois ans plus tard que la date qui figure dans les documents officiels. Il est cependant très affirmatif : le nom de Gumbrecht est suffisamment rare aux États-Unis pour qu'on ait la quasi-certitude d'avoir mis la main sur la bonne personne.

Munie de ces nouvelles informations, je m'envole pour le New Jersey. Là, grâce aux recensements de population, j'avance d'une case : Paul s'est marié en 1994 à Palm Beach, en Floride, avec Elisabeth, décédée depuis lors. Je mets aussitôt le cap sur la Floride, avec l'espoir que Paul n'ait pas déménagé entre-temps.

Exploitant la donnée certaine du mariage, j'obtiens l'adresse à laquelle il habitait alors, à Boca Raton, dans le comté de Palm Beach. Y vit-il encore ?

Plus je m'approche de l'adresse de Paul, plus je suis gagnée par le doute : à supposer qu'il y vive encore, aura-t-il seulement envie d'entendre parler de cette enfant qu'il n'a reconnue que contraint et forcé, avant de prendre la tangente ?

Je me gare toute tremblante devant un pavillon en bois blanc au gazon impeccablement entretenu. Un homme ouvre la porte d'entrée et me considère au travers d'une seconde porte finement grillagée, qu'il finit par ouvrir à son tour, intrigué par mon accent français. Lorsque je lui explique que je viens de la part de sa fille qui le recherche, il tombe dans mes bras, m'étreint, balbutie qu'il l'a cherchée, lui aussi, et m'invite à entrer. Il me présente sa compagne, Anita, à laquelle il n'a pas caché cet épisode de son lointain passé français.

— Vous avez dû avoir du mal à me retrouver, parce qu'à l'époque, pour pouvoir boire de l'alcool, je prétendais avoir vingt et un ans alors que je n'en avais que dix-huit !

Il m'emmène dans sa chambre et sort d'un tiroir de sa commode la photo en noir et blanc aux bords dentelés, comme on en voyait dans les années 1950, d'un bébé enveloppé dans une gigoteuse. Il me demande de lire ce qui est écrit au dos : « Gardez toujours sur vous cette photo. Votre chère fille qui vous aime pensera toujours à son papa. »

— Moi aussi, j'ai essayé de la retrouver en m'aidant d'Internet, me confie Paul à travers ses larmes. Mais je ne connaissais même pas son prénom ! Je suis parti, ce n'est pas bien… Je voudrais lui demander pardon de ne pas avoir été auprès d'elle…

Je le rassure : Carole ne lui en a jamais voulu. Puis, je lui montre à mon tour quelques clichés que j'ai apportées de sa fille entourée de ses enfants, dont le cadet, prénommé Paul, comme lui ! Mêlant à l'anglais les quelques exclamations de français qui lui restent, Paul n'en finit pas de s'extasier sur les ressemblances des enfants de Carole avec les Gumbrecht de la branche américaine !

Quelque peu déstabilisée par tous les décalages horaires subis en si peu de jours, je m'endors dès le décollage, dans l'avion qui me ramène vers l'océan Indien et l'île de La Réunion où m'attendent Carole et sa famille. Dans la boîte de Pandore de mon ordinateur, je lui rapporte les images pleines de tendresse de ce père qu'elle attend depuis toujours…

Du virtuel au réel, il n'y aura qu'un pas que la jeune femme franchira dans les semaines suivantes.

Dès son retour de Floride, elle m'adresse un mail pour me raconter son voyage : « À mon arrivée, ma sœur Jude et mon père m'attendaient. Les embrassades furent tendres de leur part et un peu plus réservées pour moi. C'était compliqué, je ne savais plus pourquoi j'étais venue… Je me sentais anxieuse, un peu perdue. Nous avons rejoint Anita à la maison, partagé un repas, regardé des photos. Je commençais à me sentir mieux mais j'avais du mal à accepter qu'ils veuillent que je sois "à eux" ! Je ne comprenais plus mes sentiments… J'ai regagné mon hôtel, à deux pas, et appelé ma famille qui m'a réconfortée. Les jours suivants ont été bien meilleurs. Je reconnaissais mon père, que je n'arrivais pas à appeler "papa" mais que je commençais à bien aimer. Il était toujours là quand j'arrivais le matin après mon petit footing sur la plage et me faisait mon petit "déj" lui-même tous les jours. L'après-midi, nous allions manger en ville avec Anita. C'était sympa. Ce fut seulement à partir du jeudi que j'ai ressenti de vraies émotions, lorsque Paul m'a donné une lettre de ma mère et où j'ai compris que j'étais le fruit d'une sincère histoire d'amour. Je prenais enfin conscience que j'étais heureuse d'être là. Je me sentais bien. J'avais un père, une sœur, un frère Paul, une autre sœur Marlène avec qui nous avons échangé sur Skype car ils habitent tous dans différentes régions des États-Unis. C'est émouvant quand vous découvrez une famille toute neuve qui semble déjà vous aimer... C'est même délicieux... Plus que ça encore, c'est beaucoup de bonheur ! J'aime quand mon père me dit que je suis une Gumbrecht même si je m'aime aussi sous mon nom de naissance... Je l'ai appelé une fois "papa", le jour de mon départ, quand il est allé m'acheter des bonbons à l'aéroport de Miami pour que je mange dans l'avion et qu'il ne me trouvait plus. C'était la première fois que j'appelais mon père... Voilà Patricia, c'est aussi ton histoire... Je ne t'oublierai jamais. Tu m'as offert un bonheur que je n'espérais plus, une famille que je n'ai pas construite, une famille qui me reconnaît et à laquelle j'appartiens maintenant. Merci à toi, à ton grand cœur et à ton émotion si vive qu'elle ne peut laisser personne indifférent. Chez mon père, ils disent toujours

“I love you”. C’est typiquement américain. Donc, comme je suis aussi un peu américaine, je LOVE YOU ».

En août 2016, trois ans après leurs retrouvailles, Paul m’écrit à son tour pour me faire part de son bonheur d’en être déjà à sa quatrième rencontre avec sa fille, « deux fois en Europe et deux fois aux États-Unis, la plus récente étant le 30 juillet pour le mariage de mon fils Paul Jr. ». Carole a pu y faire la connaissance de ses deux soeurs et de son frère, qu’elle n’avait vus qu’en Skype. « C’est magnifique, réconfortant, c’est le point culminant de ma vie, tout a changé pour toujours ! »

Le 20 septembre 2018, un dernier mail de Carole met hélas fin à ces récits qui m’enchantaient : « Papa est parti pour toujours ce matin. Je n’ai malheureusement pas eu le temps pour un dernier baiser de cet homme merveilleux qui fut mon père quelques années, si courtes mais si intenses de l’amour qu’il savait si bien donner aux autres. Mon intime étranger que j’ai tant aimé depuis toujours, et indéfiniment ».

LES BÉBÉS DE L'OTAN

L'armée américaine a séjourné en Moselle, dans l'Indre, à Rochefort, Verdun et dans de nombreuses autres villes dans le cadre de l'OTAN (Organisation du traité de l'Atlantique Nord) de 1950 à 1967, date à laquelle, faisant suite à la demande du général de Gaulle formulée en 1966, elle s'est définitivement retirée du territoire français. Au plus fort de leur présence, entre 1953 et 1959, plus de 60 000 soldats opèrent pour protéger la France de la menace soviétique. En 1966, on en dénombre encore 31 982, auxquels s'ajoutent 37 594 membres de leurs familles, logés dans des lotissements qu'ils ont eux-mêmes édifiés. Il faudra attendre le mois d'octobre 1967 pour que cette présence américaine, peu à peu assimilée à une occupation étrangère, disparaisse.

Plus de cinquante ans après, étrangement, aucun historien, aucun archiviste ne s'est encore sérieusement penché sur le sujet pour évaluer, à l'échelle nationale, le nombre de bébés nés de cette présence étrangère de dix-sept ans sur le territoire français. Seuls émergent, souvent grâce aux recherches d'amateurs éclairés regroupés au sein d'associations telle Châteauroux, c'était l'Amérique !, créée en 2014, des chiffres sporadiques. Ainsi, sur la base de Châteauroux, où ont vécu pas moins de 500 soldats américains, on relève durant cette période la célébration de 450 mariages mixtes, et plus de 1 700 naissances ont été enregistrées à l'hôpital américain de la Martinerie situé à cinq kilomètres de cette commune. À Chinon, du fait que la maternité de l'hôpital couvrait tout le Sud-Ouest, de Saumur à Poitiers, on dénombre jusqu'à 2 200 naissances de pères américains !

Chère Madame,

… Ou plutôt, si vous me le permettez, « Chère Nelly ». Merci d'avoir accepté de vous pencher, avec vos connaissances précieuses de généalogiste amatrice, sur l'histoire de ma grand-mère paternelle, Gabrielle Simonne.

Voici donc les faits qui sont connus par ma famille et que j'ai eu, pour ma part, la surprise de découvrir dans les années 1990 : Gabrielle Simonne est née le 1er octobre 1904 chez Gabrielle Menanteau, sage-femme vivant rue des Bons, à Rochefort. Celle-ci l'a déclarée née « de parents qu'elle n'a pas mission de nommer ».

Mon père, Pierre Fagué, né en 1924, m'a livré le peu d'éléments qu'il a réussi à obtenir sur cette histoire « dont on ne parlait pas » : sa mère, Gabrielle, était une « fille Girere » qui aurait été « passée par-dessus le grillage » pour être remise aux voisins, les Seray, de braves gens qui élevaient, en plus de leurs enfants biologiques, des pupilles de l'Assistance. Victor et Jeanne Seray (née Maigrier) auraient donc recueilli Gabrielle. Tous ces éléments ont été confirmés par

Jacqueline Seray, fille d'Henri Seray, lui-même fils de Victor et Jeanne.

Qu'est-ce qui a pu pousser une mère, un couple, en 1904, à effacer son nom de la vie de sa fille et à disparaître en la confiant aux bons soins des voisins ?

Voilà, chère Nelly, ce que mon père et moi aimerions comprendre, en partant, avec votre aide, sur la piste de nos ancêtres…

Bien à vous,
Patricia

« Chapeau, l'artiste ! »

— **A**bandonnés par nos parents, mes deux frères et moi avons été placés à l'Assistance publique, m'explique Nicole, sympathique Bordelaise de soixante-dix ans.

L'aîné, Michel, est aujourd'hui décédé, et depuis déjà de longues années, elle n'a plus de nouvelles de Guy, guitariste talentueux parti tenter sa chance aux États-Unis. Elle comprend d'autant moins son silence qu'après les épreuves qu'ils avaient traversées ensemble dans leur enfance ils se savaient soudés pour le restant de leurs jours.

— Le dernier signe de vie de Guy remonte à l'année 1976, se souvient Nicole. C'est cette photo prise en Californie le jour de ses trente et un ans, qu'il avait envoyée à Michel avec un message plein de tendresse : « Cette photo pour mon frère Michel qui n'écrit jamais… moi non plus ! Mais qui me manque beaucoup. »

Avant de prendre son envol, Guy habite quelque temps à Paris, chez Nicole, alors jeune mariée, qui l'aide à faire l'acquisition de sa première guitare. Il n'a pas appris le solfège, mais joue de plusieurs instruments, compose et chante avec un talent évident. Et il n'est pas en effet une seule photo où il n'ait pas une guitare à la main.

Guy se sent vite à l'étroit dans les cabarets de Montmartre où, chaque soir, il se produit. Il profite de sa rencontre avec une jeune étudiante américaine pour s'envoler vers d'autres horizons. Ce sera San Diego ! Avec ses quelques sous, il offre à sa sœur un dernier cadeau symbolique : une lithographie de la place du Tertre, qui trône aujourd'hui encore dans son salon bordelais.

De l'autre côté de l'Atlantique, Guy se fait discret, ne donnant de ses nouvelles que de temps à autre. Jusqu'à cette missive datée de 1976, accompagnée d'un article élogieux que lui a consacré un journal local et d'une photo de lui prise le jour de ses trente et un ans. Il porte une veste à carreaux, son éternelle moustache et affiche un large sourire. Tout semble lui réussir et pourtant, il ne donnera plus ensuite aucun signe de vie.

— J'aimerais tant qu'on se retrouve encore une fois, reprend Nicole. Il manquera Michel à notre fratrie, bien sûr… De temps à autre, je me dis qu'il y a peut-être peu d'espoir de retrouver

Guy maintenant… Mais, jour et nuit, depuis des années, je n'arrête pas de penser à lui.

Ma première piste me mène donc à Montmartre, ce quartier authentique du 18e arrondissement que Guy fréquentait quotidiennement quarante ans plus tôt.

Sans me laisser troubler par le ridicule qu'il peut y avoir à chercher quelqu'un en montrant une photo datée de près d'un demi-siècle, je fais le tour de la place du Tertre, où peintres et caricaturistes exercent leurs talents depuis la nuit des temps. Contre toute attente, je me retrouve face à une de ces artistes qui me dirige vers sa sœur, installée sur le même emplacement depuis quarante-cinq ans ! Le visage de ce beau garçon aux faux airs de Mike Brant lui dit bien quelque chose… Au beau milieu de la foule de touristes qui se pressent bientôt autour de nous, la voilà qui interpelle à son tour un vieil habitué de la Butte. Ce dernier est formel : Guy jouait alors dans un cabaret de la place du Tertre, *Chez ma Cousine*, qui existe toujours.

Je m'y rends aussitôt : la petite scène est restée la même, et de nombreuses photographies tapissant les murs ont gardé vivants les visages des musiciens qui s'y sont produits au fil des décennies. Mais nulle trace de Guy, ni sur les photos, ni dans les archives du cabaret. Il ne me reste plus qu'à partir sur ses traces, là-bas, aux États-Unis.

À peine posée à San Diego, éblouie par la lumière et grisée par l'air iodé, je ne peux m'empêcher d'imaginer ce qu'a pu ressentir Guy à la même place, quarante ans auparavant. Le gamin de l'Assistance troquant son tablier gris contre des chemises à fleurs. Le rêve américain dans toute sa splendeur !

Alors que je m'étais fixé un tout autre programme, je change subitement mon fusil d'épaule pour me rendre au consulat de France, que mon GPS situe à l'adresse d'une boulangerie. Pensant m'être trompée, je fais demi-tour, me renseigne, reviens, me gare pour découvrir que ma destination se trouve bien au premier étage de ce French Gourmet aux viennoiseries si appétissantes ! La jeune femme qui m'accueille n'est pas en mesure de me confirmer que le consul a bien reçu les deux mails, restés sans réponse, que je lui ai adressés depuis Paris, mais elle me dirige vers un homme en short et chemise hawaïenne qui m'écoute avec attention et me répond du tac au tac :

— Guy R., oui, bien sûr, je l'ai bien connu !

L'espace de quelques secondes, je me demande s'il n'est pas en train de se payer ma tête ! Mais non, le premier Français sur lequel je tombe en descendant de l'avion, Michel, est non seulement le propriétaire des murs qui abritent le consulat, mais l'une des plus anciennes connaissances de Guy aux États-Unis. Oh ! Il y a de cela une petite quarantaine d'années !

Me sentant un peu incrédule, il me fournit des précisions :

— Quand je suis arrivé à San Diego, en 1976, je travaillais pour un restaurant sur Prospect Street à La Joya, qui s'appelait le *Côte d'Azur*. J'étais chef de cuisine et Guy jouait de la musique et chantait pour la clientèle. C'était un très bon guitariste, et un grand joueur d'échecs, aussi… Malheureusement, plusieurs années après, j'ai entendu dire qu'il était mort du sida. Je ne sais pas vraiment comment ça s'est passé, mais je crois qu'on l'a retrouvé dans un hôtel sordide du centre-ville, où il se shootait…

Je montre à mon interlocuteur la dernière photo de Guy, envoyée à son frère Michel, et le vois opiner du chef. Il s'agit bien de « mon » Guy. Il s'est brûlé les ailes à son rêve américain, à une époque où les drogues dures faisaient tant de ravages aux États-Unis. J'ai le cœur serré en pensant à ce gâchis, à Nicole, à sa peine quand je vais devoir lui en faire part, à ce qui a dû traverser l'esprit de Guy quand il s'est senti partir, si loin des siens…

Mon précieux interlocuteur passe quelques coups de fil aux anciens amis de leur bande, qui acceptent volontiers de me recevoir. En chemin, je me rends à la dernière adresse connue de Guy pour y faire quelques photos à rapporter à sa sœur. C'est un coquet petit pavillon sur la façade duquel flotte un drapeau américain. Mais je devrai me contenter de cette vue extérieure, car sa nouvelle locataire refuse de me laisser franchir la grille.

En fin d'après-midi, après avoir roulé de longues heures, j'arrive chez Philippe, l'un des plus proches amis de Guy. C'est lui qui a déclaré son décès et décidé, en accord avec lui, du sort de ses cendres. Il m'accueille avec le même accent chantant que Michel, celui des Français installés depuis longtemps à l'étranger, une guitare fendue à la main :

— Quand Guy apprenait une chanson, il la jouait d'abord sur cette guitare, toujours... Il avait beaucoup de talent, et c'était un vrai plaisir de l'écouter jouer et chanter... Guy a marqué beaucoup de gens, ici, vous savez, par sa gentillesse et sa simplicité. Mais il disait toujours qu'il ne voulait pas vivre vieux, qu'après cinquante ans il aurait fait son temps. Quand il s'est su malade, il n'en a parlé à personne, pas même à nous. Il avait sa fierté.

En quarante ans, Philippe ne s'est jamais départi des précieux souvenirs hérités de son ami, mais pour sa sœur, il accepte de me laisser repartir avec quelques photos et le dernier CD qu'il avait enregistré.

De retour en France, je retrouve Nicole, qui devine la mauvaise nouvelle dès qu'elle m'entend parler de son frère au passé. Elle m'interroge sur les causes de son décès et s'avoue un peu choquée par ce que je lui livre...

Mais comment se faisait-il qu'en France on lui ait toujours répondu qu'il était vivant, s'étonne-t-elle. Je lui explique que, Guy ayant acquis la nationalité américaine, le consulat français n'avait pas à enregistrer son décès. Nicole donne libre cours à son émotion en me remerciant pour tous les trésors que je lui ai rapportés :

— C'est le plus beau cadeau que j'aie reçu de ma vie. Je suis très contente de savoir, même si c'est triste. C'était ce qui me manquait. Maintenant, ça y est, la boucle est bouclée, et je peux dire : « Chapeau, l'artiste ! »

ESTAMPILLÉ « ENFANT DE LA DDASS »

« Enfants de la DDASS » (Direction départementale des affaires sanitaires et sociales) ou encore « de l'Assistance publique » : c'est ainsi que l'on qualifiait les mineurs abandonnés ou retirés à leurs parents, jusqu'aux lois de décentralisation de 1983 qui ont confié leur prise en charge à l'ASE (Aide sociale à l'enfance). Ainsi, un nourrisson né sous X est confié à l'ASE. Au bout de deux mois – laps de temps pendant lequel la mère peut changer d'avis et le père se manifester –, l'enfant devient adoptable. Il peut aussi s'agir d'orphelins, d'enfants trouvés, abandonnés ou retirés à leurs parents sur décision judiciaire.

Jusque dans les années 1970, il était admis que de la méconnaissance de son adoption dépendait l'équilibre de l'enfant. Le séisme n'en devenait que plus violent lorsque, immanquablement, il apprenait son état à l'âge adulte, souvent à l'occasion du décès de l'un ou l'autre de ses parents adoptifs ou d'une demande de document d'état civil. Aujourd'hui, la transparence est de rigueur dès le plus jeune âge.

Si, aujourd'hui, les enfants de l'ASE, habillés comme tous les enfants de leur âge, se fondent dans le paysage, il y a encore quelques décennies, les « enfants de la DDASS » se reconnaissaient à leurs uniformes qu'ils recevaient deux fois l'an.

En se fondant sur la loi n° 78-753 du 17 juillet 1978, les enfants de l'ASE peuvent demander à ce que leur soit communiqué tout document administratif de caractère nominatif les concernant.

Chère Patricia,

Ce sera pour moi un grand plaisir de vous aider dans votre recherche, et d'apporter à votre famille des réponses à ses questions, dans la mesure de mes possibilités.

D'entrée de jeu, je dois dire que la déclaration de la sage-femme, « née de parents qu'elle n'a pas mission de nommer », m'interpelle quelque peu... Bien sûr, c'est une mention « bateau », mais j'ai souvent vu « enfant naturel » à côté des nom et prénom lorsque le père était inconnu. Ce n'est pas le cas ici, ce qui dans mon esprit signifierait que votre arrière-grand-mère connaissait l'identité du père de Gabrielle, mais que ni l'un ni l'autre ne pouvaient la prendre en charge...

Qui nous dit que votre arrière-grand-mère était célibataire ?

Ce nom de Girere que vous me communiquez n'a été connu que vers 1942, dites-vous, lorsque votre père a accompagné sa mère Gabrielle à Parthenay faire la connaissance de sa sœur biologique, sans doute après le décès de sa mère biologique. Votre grand-mère a dû parvenir à ce résultat à partir de papiers ou de lettres qui étaient en sa possession mais se sont hélas perdus…

Chaleureuses salutations,
Nelly

« De quel droit me recherchez-vous ? »

Devenir parents, enterrer les siens, prendre sa retraite : des étapes qui génèrent souvent en nous le besoin de dresser le bilan du passé pour redéfinir l'avenir. Denyse, épouse et mère comblée, n'a pas échappé à la règle. À soixante-cinq ans, elle a ressenti la nécessité pressante de retrouver sa mère, partie sans laisser d'adresse lorsqu'elle en avait à peine deux.

Elle ne conserve qu'un vague souvenir de cette « grande femme blonde et très belle » venue lui rendre visite une seule fois ensuite, l'année de ses onze ans, dans la plus totale indifférence.

Denyse a trois mois lorsque ses parents la placent en nourrice. Ils affichent trente-cinq ans d'écart et perçoivent ce premier enfant comme une entrave à leur vie de couple. Pourtant, lorsqu'ils se séparent deux ans plus tard, la fillette ne suscite guère davantage leur intérêt. Sa mère a repris sa liberté et son père, âgé et peu paternel, la reçoit maladroitement chez lui de temps à autre, pour les week-ends ou les grandes vacances. Il décède l'année de ses treize ans, en emportant avec lui tout ce qu'elle aurait voulu savoir sur celle qui l'a mise au monde, sans jamais oser le demander.

Denyse devient adulte, se marie, a des enfants, s'installe en Afrique. Mais ne trouve pas le bonheur.

— Toute votre vie, vous la vivez avec ce sentiment d'abandon... Ne jamais avoir pu dire « maman », c'est quelque chose qui ne se répare pas !

Aussi, quand elle rentre en France, Denyse prend la décision d'aller jusqu'au bout de sa quête : elle engage un détective privé, contacte toutes les personnes qui portent le patronyme de sa mère. Elle finit par retrouver la trace d'un demi-frère, également abandonné à sa naissance par Charlette, mais elle arrive trop tard : il vient de se suicider. Son épouse ne peut que lui confirmer qu'il a porté durant toute sa vie la croix très lourde de son enfance.

C'est à ce moment-là que j'entre en scène. Denyse a vu des émissions à la télévision où je parvenais à retrouver des gens ayant émigré aux États-Unis, et elle pense que c'est sans doute le cas de sa mère. Au cours de ses recherches, elle a découvert que, peu après l'avoir abandonnée, en 1961, celle-ci a épousé en France un soldat noir américain, mais leur trace se perd ensuite.

Le couple s'installe effectivement dans l'Alabama, a des enfants, mais Charlette poursuit son parcours d'étoile filante. On la retrouve mariée à un autre Américain, qui lui a donné son nom actuel de B. En adoptant la nationalité américaine, Charlette, qui a décidément plus d'un tour dans son sac pour jouer les filles de l'air, change son prénom en Nicole C. !

Une fois n'est pas coutume, pour glaner tous ces précieux renseignements, je n'ai même pas eu à me déplacer, remontant la piste qui partait de Claudie, la fille aînée de Charlette, abandonnée elle aussi à l'âge de deux ans et élevée par la mère de celle-ci, dans le 11e arrondissement de Paris ! Laquelle Claudie, décédée en 1999, avait incontestablement hérité des gènes de sa mère, puisqu'elle se faisait appeler par ses amis « Carole » et que, mariée en 1969 à un célèbre coureur automobile, elle a elle-même abandonné les enfants qui étaient nés de cette union !

Il ne restait plus qu'à téléphoner à Charlette, ce que fit un soir Denyse en se demandant comment elle allait être accueillie à l'autre bout du fil :

— Elle a commencé par m'engueuler de l'appeler à cette heure-ci (19 heures !)... Et cela ne s'est pas arrangé ensuite : « De quel droit est-ce que vous me recherchez ? Je ne vous connais pas, on n'a rien en commun ! »

Denyse lui arrache tout de même une adresse mail à laquelle elle lui écrira régulièrement sans pour autant parvenir à persuader la vieille dame de quatre-vingts ans d'envisager une rencontre prochaine.

Prenant le taureau par les cornes, Denyse part à sa rencontre, aux États-Unis, avec son mari.

— Dès qu'elle m'a vue, elle s'est écriée : « Tu es tout le portrait de ton père ! »

Charlette les reçoit sans effusion, comme des connaissances qu'elle aurait perdues de vue depuis longtemps.

Lorsque Denyse essaie de lui parler de sa propre vie, de ses enfants, la vieille dame la coupe aussitôt par un retentissant : « Abrège ! Venons-en aux faits ! »

Denyse s'exécute : elle abrège, en vient aux faits, renonce à ses interrogations sur le passé, qui incommodent sa génitrice. Elle redevient cette toute petite fille qui ne parvient pas à intéresser sa mère, cette petite fille dont on se détourne et qu'on abandonne. En rentrant des États-Unis, elle découvre, à plus de soixante ans, qu'elle souffre d'un diabète de type 1 – une maladie qu'on développe généralement dans l'enfance !

Denyse a tenu la promesse qu'elle a faite à sa mère de ne pas essayer d'entrer en contact avec ses frères et sœurs américains et a continué à tisser le fil ténu qui la relie à Charlette.

— J'attendais tellement de la retrouver pour régler mes comptes ! Mais je n'ai rien réglé du tout ! Avec toute cette tension accumulée pendant tant d'années, on a l'impression qu'on va éclater au moment de la rencontre… Mais il ne s'est rien passé, absolument rien, regrette Denyse. Le néant…

QUELQUES DONNÉES CHIFFRÉES

De source policière, le nombre des personnes signalées comme disparues en France, et inscrites au FPR (Fichier des personnes recherchées) commun à la police et à la gendarmerie, s'élevait pour l'année 2010 au total de 58 911. Dans ce nombre, en hausse par rapport aux années précédentes, il faut savoir que 80 % (soit 47 533 disparitions signalées) représentent des enfants en fugue, chiffre en hausse de plus de 17 % en cinq ans. Plus de 10 000 disparitions ont été jugées inquiétantes, parmi lesquelles 4 000 sont liées à un crime ou un délit, les quelque 6 000 restantes étant dues à des conduites dépressives et suicidaires. On estime de 700 à 5 000 les disparitions dépourvues de caractère inquiétant.

Chère Patricia,

Si vous êtes absolument sûre de la consonance du nom, je pense que nous pouvons le prendre comme point de départ, en partant du principe que l'orthographe pourrait bien être Girere, Girerd ou même Giraire…

Ce matin, j'ai envoyé un mail aux archives municipales de Rochefort pour tenter d'obtenir un extrait des recensements de 1901, 1906 et 1911. J'ai aussi demandé de vérifier les naissances des enfants de la famille Seray. Étudier le voisinage de cette famille en 1904 nous permettra sans doute de trouver la clé de l'énigme.

J'enrage d'être si loin de Rochefort, et de ne pouvoir consulter moi-même ces registres !

Quant au choix de la ville de Parthenay dans les Deux-Sèvres pour la rencontre de Gabrielle avec sa sœur biologique, il faudra peut-être que nous questionnions le recensement également…

Bien à vous,
Nelly

« Ce fils que l'Amérique m'a pris »

L'arrivée des soldats américains sur les bases militaires françaises dans les années 1950 fut vécue par les habitants des départements de la Haute-Marne et de la Meuse comme une aubaine économique. Et ce fut aussi une aubaine amoureuse pour de nombreuses jeunes filles de la région, qui se lièrent avec des G.I. incarnant pour elles la promesse d'une vie idyllique.

C'est le cas de Lucienne. Issue d'une famille de quinze enfants dont elle cherche à fuir le père, alcoolique et violent, elle s'éprend, à dix-huit ans, d'un bel Américain basé au camp de Vassincourt, Harris B. Le mariage a lieu en 1963 dans la Meuse et, l'année suivante, un petit Harris Junior B. comble de bonheur les jeunes époux.

Harris est envoyé en Allemagne et y entraîne femme et enfant. Lucienne, coupée de tout contact par la barrière de la langue, ne s'y plaît pas et commence à déprimer. D'un commun accord, le couple confie Harris Junior à une nourrice allemande et Lucienne regagne la France, le temps que son mari achève sa mission. Mais à leur retour dans la Meuse, Lucienne constate avec tristesse que son petit garçon ne parle plus que l'allemand !

Le retrait progressif des forces militaires américaines d'Europe annoncé par le général de Gaulle commence et, en juillet 1967, les derniers G.I. quittent la France. Harris B. boucle ses bagages et se prépare à rentrer fièrement au pays, avec sa femme à son bras et son fils dans ses bras.

Mais Lucienne hésite. Depuis quelque temps, elle n'est plus sûre d'avoir envie de réaliser son rêve américain, ni même qu'il s'agisse vraiment d'un rêve ! Car plusieurs amies, parties fringantes avec leurs époux, sont déjà revenues et lui brossent un tableau peu engageant de ce qu'elles ont trouvé là-bas. De plus, dans un accès de franchise, son époux lui a avoué que ses parents n'avaient pas approuvé son mariage avec une Française et risquaient de lui faire mauvais accueil.

Lucienne prend la décision de rester et de garder son fils avec elle. Naturellement, Harris ne l'entend pas de cette oreille et, accusant la mère de kidnapping, alerte la police – qui ne connaît que trop bien Lucienne, dont plusieurs frères se sont rendus coupables de méfaits divers – et se fait remettre son enfant, avec lequel il s'envole pour les États-Unis. À part une demande de divorce qui lui parviendra l'année suivante, Lucienne ne recevra plus aucun signe des deux Harris :

— Le divorce a été prononcé et j'ai refait ma vie, mais jamais je n'ai pu me consoler de la perte de ce fils que l'Amérique m'a pris.

Soutenue par les quatre enfants qu'elle a eus de sa seconde union, elle a tenté plusieurs démarches pour retrouver Harris, envoyé de nombreuses lettres mais, avec la marche des années, elle a fini par ne plus y croire. Comment, trente ans après, espérer retrouver un enfant enlevé plusieurs décennies auparavant par son père militaire, dans l'un des plus grands pays du globe ?

En étudiant l'acte de mariage et le jugement de divorce, j'obtiens de précieux renseignements : les nom, prénom, date et lieu de naissance de l'ex-mari américain. Je m'adresse alors au *County* pour qu'il me délivre son acte de naissance, sur lequel figurent les identités complètes de ses parents mais également leur lieu de résidence. À partir de là, je n'ai plus qu'à relever, dans l'annuaire américain, en me concentrant sur les États découverts dans ces pièces d'état civil, les coordonnées des personnes portant le même patronyme. D'abord dissuadée par nombre d'homonymes sans aucun lien avec la famille de Harris, je finis par tomber sur l'un de ses cousins, qui me renvoie vers un oncle, lequel consent à me communiquer les coordonnées de Harris Junior. Nous touchons au but !

Le jeune homme vit dans un mobil-home à quelques encablures de la frontière canadienne, dans l'État du Vermont, à Worcester. Il est divorcé, père de trois enfants, et exerce un emploi de technicien de surface dans une école. De sa petite enfance, il sait seulement qu'à son retour de France, son père l'a confié à ses grands-parents le temps de refaire sa vie et d'avoir d'autres enfants. Il l'a repris à l'âge de cinq ans, mais Harris n'a jamais trouvé sa place dans cette famille recomposée.

— Chaque fois que j'essayais de savoir quelque chose sur ma mère française, mon père me répliquait : « Mais puisque je t'ai dit qu'elle ne voulait pas de toi, ta mère ! »

Pendant des années, il balance entre deux sentiments : la haine envers sa méchante génitrice et la culpabilité de n'avoir pas été un bébé assez bien pour qu'elle ait envie de s'occuper de lui. Ses relations avec son père se dégradent à l'adolescence, une période critique pour Harris, qui fugue et vit dans la rue.

— Je lui en veux à mort, maintenant que je sais que tout ce qu'il m'a raconté sur ma mère n'était que mensonges… En attendant de la revoir, je me suis acheté un dictionnaire anglais-français, que je feuillette sans arrêt. Quand je l'aurai devant moi, je vais déjà pouvoir lui dire en français : « Maman, je t'aime »…

LES BÉBÉS DE L'OTAN (BIS)

Outre le choc culturel qu'ils ont provoqué dans la France « profonde », ces hommes grands et forts aux tenues impeccables, qui avaient de grosses voitures et écoutaient des musiques inconnues, ont laissé chez nous bien plus qu'un souvenir. Plusieurs centaines d'enfants naturels recherchent aujourd'hui la moitié manquante de leur capital génétique.

C'est le cas de Liliane, fruit des amours d'une Française avec un militaire de carrière américain. Son histoire, elle l'a découverte à l'âge de trente ans en retrouvant sa mère, qui l'avait confiée en adoption à sa naissance. John Clark a vingt-quatre ans lorsqu'il fait la connaissance de cette blanchisseuse sur la base américaine de la Martinerie, près de Châteauroux, en 1961. Il est déjà marié dans son pays et père de famille. Rappelé en 1962, il n'a plus jamais revu sa fiancée française et ignore l'existence de cette enfant qui, devenue photographe professionnelle, n'a pour toute image de son père – aujourd'hui âgé d'un peu plus de soixante-dix ans – qu'une vieille photo de

l'équipe de football américain à laquelle il appartenait…
Certaines de ces histoires d'amour se concluaient par une union officielle avec un départ aux USA à la clé. Le rêve pour ces Françaises séduites qui n'avaient eu jusque-là pour tout horizon que l'église de leur village !
Quelques-unes en sont revenues, d'autres ne sont jamais parties, effrayées par la perspective de ce saut dans l'inconnu.
Ce sont souvent les enfants issus de ces couples binationaux qui ont payé le prix fort de ces séparations.
C'est le cas de Harris et de sa mère, Lucienne, qui, tant d'années après, a eu la chance de retrouver et de pouvoir enfin serrer dans ses bras ce fils qu'elle avait eu en 1964 avec un soldat originaire du Mississippi.

Le goût de la mise en scène

« Ça ne m'intéresse pas »

« Quand on apprend à plus de quarante ans qu'on n'est pas le fils du père qui nous a élevé, c'est un choc qui remet tout en question. » Ce choc, Marc l'a éprouvé il y a dix ans, à la mort de ce papa qu'il croyait être le sien. Sa mère, Yvette, a ainsi respecté la parole qu'elle avait donnée à son mari de ne jamais révéler ce lourd secret à ses enfants tant qu'il serait vivant.

Car Marc, âgé aujourd'hui de cinquante-cinq ans, a un frère, Patrice, de deux ans son aîné, lui aussi né de l'union d'Yvette avec cet homme mystérieux dont il ne soupçonnait même pas l'existence et qui le hante désormais à chaque instant :

— Je voudrais surtout pouvoir mettre un visage sur cette personne. Quand je demande à ma mère comment il était, à quoi il ressemblait, elle me dit : « Regarde-toi dans une glace, tu es son portrait tout craché ! », explique Marc, fragile colosse de plus de cent kilos.

Yvette est une maman timide, réservée, émotive. La gorge encore nouée par cette histoire d'amour vécue il y a plus de cinquante ans, elle comprend le besoin de ses fils d'en savoir davantage sur leur père biologique, mais elle a peu d'éléments à leur fournir :

— Michel vivait alors chez ses parents dans la banlieue parisienne, à Bezons, me confie-t-elle pour m'aider dans mes démarches. Nous avons eu une très belle histoire d'amour qui a duré plusieurs années, au cours desquelles nous avons donné, d'un commun accord, la vie à deux garçons. Nous voulions nous marier, mais, pour des raisons religieuses, la famille de Michel s'y est opposée… Je me souviens que, enceinte de mon second fils, j'ai croisé sa mère au marché de Houilles et l'ai abordée. « Passez votre chemin, madame, je ne vous connais pas. Michel n'a pas d'enfant. N'espérez pas qu'il vous épousera ! » m'a-t-elle répondu. Pourtant, comme pour le premier bébé, Michel semblait très heureux à la naissance de Marc, et il venait souvent chez moi les voir tous les deux. La dernière fois, c'est à l'hôpital que nous nous sommes croisés. Il est venu rendre visite à Marc, hospitalisé pour de l'eczéma. Il avait trois mois. Après, il n'a plus jamais donné signe de vie.

Ne pouvant faire face seule, Yvette s'est mariée avec un ami d'enfance qui a reconnu les deux enfants.

— C'est comme ça que ça s'est passé, conclut Yvette, heureuse d'avoir pu mettre au jour ce lourd secret qu'elle a porté pendant tant d'années.

Les recherches menées par Marc il y a quelques temps l'avaient conduit jusqu'à un frère de Michel, qui lui avait assuré que celui-ci était parti vivre aux États-Unis. Cet oncle est aujourd'hui décédé, mais sa veuve, que je tente d'interroger par interphone interposé, me délivre la même version, sans autre renseignement. Elle m'assure avoir perdu tout contact avec Michel, avant de me raccrocher brusquement au nez.

Je n'ai plus qu'un seul va-tout à jouer: l'adresse des parents de Michel à Bezons, à la fin des années 1950. Les archives ne me livrent d'abord que l'acte de décès du père de Michel, déclaré par Michel lui-même en 1962. Puis, à force de ténacité, je finis par leur arracher une date et un lieu de naissance qui vont faire prendre un tour décisif à mon enquête: Michel (si c'est bien lui) serait né en 1932 à Argenteuil.

En consultant son acte de naissance, j'apprends qu'il s'est marié à Paris, peu après avoir coupé les ponts avec Yvette et ses deux fils.

Aucune autre mention marginale. Mais je sais qu'il ne faut pas trop vite s'en réjouir, puisqu'il a pu adopter la nationalité américaine.

Je me concentre alors sur l'identité de son épouse, et découvre le pot aux roses : non seulement « l'Américain » n'a jamais quitté la France, mais il vit paisiblement auprès de sa femme à quelques kilomètres seulement de Bezons, la ville où, cinquante ans auparavant, il a laissé deux enfants et une femme éplorée. J'apprends aussi que deux filles sont nées de ce mariage.

Je me rends aussitôt à son adresse. Là, il va falloir faire preuve de doigté et de prudence car Michel, aujourd'hui âgé de quatre-vingt-un ans, a peut-être caché son passé à son épouse. Avec la complicité de son concierge, je parviens à l'attirer, seul, jusqu'à la loge.

C'est un vieil homme voûté aux cheveux blancs, coiffé d'une casquette de laine, qui s'avance vers moi. En guise d'entrée en matière, je lui tends quelques photos en noir et blanc de ses fils, bébés, dans les bras de leur mère. Il accuse le choc en prenant appui sur le mur du hall et, d'une voix chevrotante, admet qu'il reconnaît Yvette. L'un des deux enfants lui dit bien quelque chose, mais il ne se souvient pas de l'autre… Je perçois son malaise, sens qu'il voudrait battre en retraite. Il m'invite cependant à poursuivre la conversation chez lui, en présence de son épouse. Là, avec son soutien, il reprend confiance et devient plus cassant :

— Je ne veux pas de problème… Ça ne m'intéresse pas.

Tandis que Madame claironne depuis la cuisine que, « en l'absence de test ADN, on n'est sûr de rien ! », Michel repousse les photos récentes de ses fils sans même y jeter un regard. Quand je lui demande s'il n'aurait pas envie d'en parler à ses deux filles, qui seront peut-être contentes d'apprendre qu'elles ont deux demi-frères, il n'a pas le temps de me donner son avis que le verdict tombe depuis la cuisine : « C'est franchement ridicule ! »

Marc vient au rendez-vous que je lui fixe avec sa frêle épouse. Il est déçu, mais pas très étonné lorsque je lui annonce que je ne pourrai pas lui transmettre les coordonnées de son père que j'ai finalement retrouvé dans la région parisienne. En contrepartie, je lui propose de visionner quelques images de mon entrevue avec lui pour lui faire découvrir son visage. En le voyant, le colosse fond en larmes :

— Ça fait des années que j'attendais ce moment. Déjà, l'avoir vu, cela me fait du bien. Je lui ressemble tellement, c'est incroyable ! Ce sera sans doute moi, quand j'aurai son âge… On verra bien si, avec le temps, il change d'avis… La balle est dans son camp à présent.

Chère Patricia,

D'après ce que vous me dites, on ignore si la fameuse sœur biologique rencontrée à Parthenay était plus âgée ou plus jeune que Gabrielle… Mais je suis d'accord avec vous pour penser qu'elle était sans doute plus âgée, et que la maman seule, n'ayant pas les moyens de faire face à la naissance de Gabrielle, aurait préféré la confier aux Seray. C'est en effet plus logique que de l'imaginer abandonnant sa première fille puis, ayant refait sa vie, en avoir une autre qu'elle élèvera.

Sur les registres détaillés avec les actes de naissance, je pourrai relever à rebours depuis 1902 toutes les naissances de filles pour tenter de retrouver celle qui serait la sœur aînée de Gabrielle. Si votre arrière-grand-mère demeurait toujours au même endroit, elle a peut-être accouché chez la même sage-femme… C'est un très long travail de recherche, qui peut ne porter aucun fruit puisque parfois l'adresse de la sage-femme est mentionnée sans que le domicile du ou des parents soit précisé… Courage !

Amicalement,
Nelly

« La noyade était presque parfaite »

Tout un chacun a le droit de disparaître du jour au lendemain, sans prévenir personne ni laisser le moindre message pour expliquer son départ. En revanche, mettre en scène son décès pour masquer son départ tombe sous le coup de la loi…

Nous sommes dans les années 1980 à Arles. Magali et Maurice L. forment un jeune couple sans histoire. Ils se lient d'amitié avec un dentiste récemment installé dans la ville, Michel, qui porte bien ses quarante-sept ans, et avec son épouse, Édith, une jeune femme blonde et élégante. À la naissance du premier enfant des L., en 1985, Michel devient tout naturellement le parrain de leur petite Amandine. Il comble sa filleule d'attentions et de cadeaux.

Les L. n'ignorent pas que le passé de leur ami a connu quelques accidents de parcours :

d'origine pied-noir, sa famille arrive d'Algérie en 1962, laissant derrière elle une clinique privée que son père avait créée. Après des débuts dans l'immobilier, Michel lui-même perd sa première affaire, dans d'autres circonstances. Le cabinet médical qu'il avait monté avec quelques associés part en fumée. Il avait heureusement anticipé en souscrivant une solide assurance…

Quant à sa vie amoureuse, Michel a deux enfants d'une première épouse, Geneviève, dont il n'aime guère parler. Sentant son ménage avec Édith à son tour menacé, il a quitté les Bouches-du-Rhône pour s'installer avec elle en Dordogne, où il a fait l'acquisition d'un nouveau cabinet et d'une nouvelle maison, dans l'espoir de repartir sur de nouvelles bases. Mais elle finit par le quitter et demander le divorce. Dans le même temps, son projet d'entreprise de fabrication de matériel médical qu'il a soumis aux élus et à l'APEED, l'Association pour l'expansion économique de la Dordogne, a avorté.

Au téléphone, les L. sentent Michel déprimé, brisé par sa séparation et son échec professionnel. Aussi sont-ils heureux d'apprendre, quelque temps plus tard, qu'il a rencontré une jeune femme de vingt-deux ans sa cadette, Marie-France, qui lui redonne confiance et joie de vivre. Le nouveau couple s'installe dans le pavillon de Michel, et envisage de passer devant le maire dès que le divorce avec Édith aura été prononcé.

Michel n'a pas pour autant oublié sa filleule. Début 1987, lorsqu'il vient la voir les bras chargés de cadeaux, il confie à ses amis que, pour faire face aux problèmes financiers consécutifs à son divorce et à l'achat de son cabinet, il a dû mettre en vente son pavillon. Il semble toutefois avoir remonté la pente, grâce à Marie-France, avec laquelle il envisage son avenir.

C'est elle qui, le 4 août 1987, appelle Magali L. pour lui faire part d'une très mauvaise nouvelle : Michel s'est noyé la veille dans les baïnes du bassin d'Arcachon. Le drame fait la une du journal *Sud-Ouest* du lendemain et, quoiqu'on n'ait pas retrouvé le corps, la noyade ne fait aucun doute pour la police qui a mené l'enquête. Les L., Marie-France et tous les proches de Michel sont dans la plus grande affliction.

Mais coup de théâtre : le 10 octobre 1987, Michel est aperçu bras dessus bras dessous avec Marie-France par deux témoins ! « La noyade était presque parfaite », titre le lendemain sur une pleine page le quotidien régional.

Le ressuscité s'était tout de même manifesté auprès de ses fidèles amis, les L. : peu avant la découverte de la supercherie, il aurait appelé Magali pour la rassurer. Et en décembre de la même année, le parrain attentionné aurait envoyé un bijou à l'attention d'Amandine…

À quel endroit Michel a-t-il refait surface ? S'est-il installé dans un autre pays, sous une autre identité, grâce à de faux papiers ? Personne, en tout cas, ne l'a plus jamais revu dans le sud de la France.

Les choses en seraient sans doute restées là sans l'appel à témoins lancé par la famille L. dans l'émission *Perdu de vue*. Car ce soir-là, enfin, Michel a donné de ses nouvelles en direct ! Il a renoué le contact avec Amandine et ses parents, sans leur révéler dans l'immédiat sa nouvelle adresse, mais en leur promettant de venir leur rendre visite prochainement…

INQUIÉTANTE OU PAS INQUIÉTANTE ?

Quoi qu'elle recouvre, une disparition est toujours inquiétante, serait-on tenté de penser.

Mais la police ne lui attribue cette qualification que selon des critères bien précis. Une disparition revêt un caractère inquiétant lorsqu'il s'agit d'un mineur (y compris en cas de fugue) ou d'un majeur protégé (sous tutelle, curatelle ou sauvegarde de justice), en cas de suspicion d'enlèvement, d'état suicidaire ou de maladie. Elle peut également être considérée comme telle si une personne, qui voyage ou réside à l'étranger, cesse soudainement de donner de ses nouvelles à ses proches, avec lesquels elle était en bons termes et communiquait régulièrement.

Dans ces cas, une enquête de police judiciaire est ouverte sur décision du procureur de la République, et le signalement de la personne disparue est transmis à la police ou à la gendarmerie.
Un Office central chargé des disparitions inquiétantes de personnes a vu le jour en 2000 à Nanterre, avant d'être supprimé en 2006 et remplacé par l'Office central pour la répression des violences aux personnes. Rattaché à la Direction centrale de la police judiciaire, il regroupe une soixantaine de policiers et gendarmes chargés des enquêtes relatives aux personnes disparues dans des conditions inquiétantes et aux atteintes aux personnes.
Cette unité gère l'« Alerte enlèvement », conçue en cas d'enlèvement d'enfant sur le modèle américain « *Amber Alert* », qui existe depuis 1996. Estelle Mouzin, disparue en 2003 à l'âge de neuf ans, n'a hélas pas pu en bénéficier puisque ce dispositif a été adopté en France le 28 février 2006.
En l'absence d'éléments aggravants, la disparition d'une personne majeure, en France comme à l'étranger, peut être considérée comme « volontaire » et chacun étant libre de ses mouvements et de ne pas entretenir de contacts avec sa famille, aucune enquête officielle ne pourra être ouverte.
En effet, par deux décisions, datant de 1979 et 2006, le Conseil constitutionnel attribue à la liberté d'aller et venir, garantie par le Code civil, une valeur

constitutionnelle, rattachée à l'article 4 de la Déclaration des droits de l'homme et du citoyen de 1789. Celle-ci est confirmée par le protocole n° 4 à la Convention de sauvegarde des Droits de l'homme et des libertés fondamentales.

« Le droit [de] circuler librement et [de] choisir librement sa résidence [sans] autres restrictions que celles [...] nécessaires [...] à la sécurité nationale, à la sûreté publique, au maintien de l'ordre public, à la prévention des infractions pénales, à la protection de la santé et de la morale ou à la protection des droits et libertés d'autrui. »

La frontière entre une disparition inquiétante et une disparition non inquiétante, quelquefois très difficile à établir, est laissée à la libre appréciation du policier ou du gendarme...

Si des éléments de nature inquiétante ont donné lieu à une enquête qui a permis de retrouver la personne et d'établir qu'il s'agissait d'une disparition volontaire, ses coordonnées ne seront transmises à ses proches qu'avec son accord.

« Un scénario rocambolesque »

En prenant le contre-pied de ce qu'écrivait Nicolas Boileau au XVIIe siècle – « Le vrai peut quelquefois n'être pas vraisemblable » –, on pourrait dire que « le vraisemblable peut quelquefois ne pas être vrai », comme le montrera l'histoire qui suit.

Bien des années après les faits, Fabienne retrace pour moi les événements survenus en ce mois de juillet 1962 : du jour au lendemain, sa mère, Colette, disparaît du domicile familial. Son père, un joueur de cartes invétéré, sujet à des crises de jalousie et à des accès de violence, continue de fréquenter les cercles de jeux tandis qu'il confie sa fille, à tout juste trois ans, aux bons soins d'une nourrice.

Les rumeurs les plus folles circulent alors sur la disparition de sa mère, une femme d'une grande beauté qui avait travaillé comme mannequin : elle aurait été enlevée par une organisation internationale de traite des Blanches, ou bien encore embrigadée dans un réseau d'espionnage à l'étranger.

Lorsque, en grandissant, Fabienne essaie d'en savoir un peu plus, elle se heurte au bloc de silence édifié par son père. C'est sa nourrice, voyant son désarroi, qui brise l'omerta. Elle lui remet deux documents qu'elle avait conservés à son intention. Une carte de Santiago du Chili où Colette explique que, sur le point de se marier avec un homme important, elle va rentrer brièvement en France pour s'occuper des papiers lui octroyant la garde de sa fille et vendre par la même occasion l'appartement qu'elle possède à Issy-les-Moulineaux.

Dans la seconde enveloppe envoyée par Colette, il n'y a pas de lettre mais une coupure de journal annonçant, en espagnol, son mariage avec un ambassadeur dans la basilique du Santissimo Sacramento de Santa Fe.

Devenue maman à son tour, Fabienne s'attache à décrypter ces maigres indices pour retrouver la trace de celle qui l'a mise au monde. Mais elle n'aboutit à rien. Le plus troublant reste que l'acte de naissance de Colette ne comporte aucune mention du mariage annoncé par le journal.

Je reprends l'enquête à son point de départ : le lieu de naissance de la disparue étant le même que celui de sa propre mère, je cherche si cette dernière aurait pu mettre au monde d'autres enfants dans la même ville. Avec l'autorisation du procureur de la République, je consulte les registres d'état civil, et découvre effectivement l'existence d'une fratrie de quatre enfants, dont aucun n'a reçu la moindre nouvelle de Colette depuis sa disparition.

J'oriente alors mes investigations vers le Chili, d'où avait été postée la carte. Là encore, sans succès : le consulat de France à Santiago n'a jamais inscrit Colette sur son registre.

Je m'attache ensuite à la coupure de journal en espagnol. Si l'on élimine les villes du nom de Santa Fe où l'on ne parle pas espagnol, on obtient un petit éventail de possibilités parmi lesquelles, toutefois, ne figure pas une seule ville possédant une « basilique ». Et si l'on essaie de surcroît d'en trouver une qui porte le nom de « Santissimo Sacramento », on atterrit à Buenos Aires, en Argentine où, après vérification, j'acquiers la certitude que nul mariage engageant Colette et son ambassadeur n'a été célébré ! De plus en plus étrange…

J'essaie enfin de faire parler le dernier indice en notre possession : la vente de son appartement d'Issy-les-Moulineaux. L'opération immobilière a bien été réalisée quelques mois après sa disparition par un intermédiaire agissant en son nom. Je retrouve le notaire qui a enregistré l'acte à l'époque, ou plutôt son successeur, qui, par chance, a conservé tous ses dossiers. Quoique tenu au secret professionnel, il accepte de me communiquer les coordonnées que Colette avait alors laissées : une adresse en Suisse… où il se trouve qu'elle vit toujours !

— C'est l'homme avec lequel je me suis enfuie et dont je partage toujours l'existence qui a imaginé ce scénario rocambolesque, avouera-t-elle à sa fille au téléphone en riant de bon cœur.

Une petite carte du Chili pour planter le décor : elle allait épouser un homme important, ce qui non seulement désamorcerait toute velléité de son ancien compagnon de la retrouver, mais aussi plaiderait en sa faveur pour récupérer sa fille. Et, sur le chemin du retour, une brève halte en Espagne pour un cliché, déguisés en mariés, devant une église lambda, qu'il ne manquerait plus qu'à légender, à confier à un ami imprimeur, et le tour était joué !

À la demande de Colette, les retrouvailles avec sa fille se sont déroulées en lieu neutre. Quarante ans après les faits qui ont provoqué sa fuite, elle vivait encore dans la peur de son ex-mari. Ce n'est qu'au prix d'une ardente patience que Fabienne a su la rassurer, lui promettant, la main sur le cœur, de garder secrètes ses coordonnées.

QUE FAIRE EN CAS DE DISPARITION VOLONTAIRE ?

« Les disparitions volontaires n'amènent aucune compétence des services de police ou de gendarmerie », lit-on dans un document délivré par le Service d'information et de communication de la Police nationale.

Il reviendra donc à la famille et aux proches de mener sans tarder leur propre enquête, en commençant par interroger les amis, les collègues, les voisins, les derniers témoins à avoir côtoyé la personne recherchée pour reconstituer minutieusement le puzzle des heures qui ont précédé sa disparition.

A-t-elle continué à faire usage de son téléphone mobile ou de sa messagerie électronique après sa disparition ? Ses relevés de comptes bancaires (si on dispose d'une procuration) font-ils état de mouvements récents ? Ses factures détaillées, l'historique de ses recherches et travaux sur Internet, sa page Facebook et autres comptes ouverts à son nom sur des sites d'offres d'emploi ou de rencontres peuvent aussi fournir de précieuses indications sur les activités ou le psychisme du disparu.

« Les petites filles ont besoin d'un papa »

Généralement, les gens font appel à moi pour retrouver des « disparus ». Mais il arrive parfois que les « disparus » eux-mêmes recherchent ceux qu'ils ont laissés derrière eux.

C'est ainsi que Tunder, jeune femme de trente-neuf ans, me contacte depuis Houston, aux États-Unis, dans l'espoir de savoir ce qu'est devenu son père français, dont elle a été séparée à l'âge de cinq ans. Sa demande est rédigée dans un français très approximatif, mais vu le nombre de pièces jointes à son dossier, l'énergie qu'elle a dû déployer depuis tant d'années pour trouver une piste, écrire à des dizaines d'homonymes, d'administrations et les relancer, je ne peux que la prendre en considération.

Sa mère, Ildiko S., superbe mannequin hongroise venue tenter sa chance en France, croise la route de son père, Serge B., au début des années 1970. Le couple s'installe en Loire-Atlantique, berceau de la famille B. Pour des raisons qui échappent à Tunder, son père ne la reconnaît pas à sa naissance en 1974, mais participe pourtant à son éducation jusqu'à ce qu'un jour de 1979, sa mère l'arrache subitement à lui pour l'emmener avec elle, à son insu, aux États-Unis. Là, pour achever de brouiller les pistes, Ildiko se marie deux fois en un an. Entre-temps, avait-elle raconté à sa fille avec une certaine délectation, Serge était allé jusqu'en Hongrie frapper à la porte de ses parents pour les retrouver.

Tunder a gardé des souvenirs précis de week-ends passés avec son père, de la présence d'une tante prénommée Gisèle, et elle ne se lasse pas de scruter les quelques rares photographies que sa mère n'a pas déchirées. Son enfance et son adolescence avec sa mère instable qui enchaînait les amants, les déménagements et les situations toujours plus précaires, lui ont laissé un goût amer, qu'elle a adouci en se forgeant une image idéale de son père :

— Mon père, ce serait mon protecteur, me confie-t-elle au téléphone d'une voix tremblante. Les petites filles ont besoin d'un papa.

Outre ses nom et prénom, somme toute assez répandus, nous disposons d'une piste non négligeable : une adresse à Saint-Géréon, en Loire-Atlantique, où il vivait avec Ildiko à la naissance de Tunder.

Sur place, j'apprends que Serge s'est marié, mais avec une autre femme qu'Ildiko. Le mystère s'épaissit…

Je poursuis mon enquête à quelques kilomètres de là, dans le village où Serge a vu le jour, mais une mauvaise surprise m'y attend. Il est décédé en 1995, à tout juste quarante-deux ans. Je me figure le chagrin que Tunder va éprouver en sachant sa quête si tristement terminée. J'obtiens la confirmation que son père comptait bien, parmi ses nombreux frères et sœurs, une dénommée Gisèle, dont Tunder avait conservé le souvenir.

Localisée dans le secteur, celle-ci se souvient bien, en effet, d'une splendide Hongroise dont son frère avait été fou amoureux et qu'il devait épouser.

— Les bans étaient déjà publiés, raconte Gisèle, mais quelques jours avant le mariage, un jour où nous étions tous attablés en famille, voilà une voiture qui arrive en trombe, un type encagoulé qui en sort, et qui enlève sous nos yeux la belle Hongroise ! On se serait crus dans un film de gangsters…

Gisèle revoit encore Serge courant à la poursuite de la voiture et s'effondrant en larmes, par la suite, en évoquant ce scénario monté de toutes pièces par Ildiko avec l'aide de son amant dans le but de faire annuler le mariage ! Mais qu'une petite fille soit née de leur union, non, elle m'assure qu'elle n'en a jamais rien su. Tunder se serait-elle composée ses souvenirs à partir d'autres personnes qu'elle aurait croisées dans sa petite enfance ? Je reste d'autant plus perplexe que c'était elle qui m'avait aiguillée vers cette tante Gisèle, qui lui confectionnait des fleurs multicolores en papier de bonbons pour la consoler des disputes incessantes de ses parents…

Serge a divorcé en 1982 et refait sa vie avec Maryline, qui lui a donné deux enfants, une fille et un garçon. Aucun d'eux ne connaissait l'existence de Tunder, et la nouvelle que je leur apporte les choque. Ils ne se montrent pas disposés, dans l'immédiat, à faire sa connaissance. Heureusement, Gisèle est toute prête à accueillir cette nouvelle nièce, et à recouper avec elle ses souvenirs en feuilletant les albums de famille lorsqu'elle viendra. Un voyage que Tunder envisage, sur les traces de son passé, de son histoire et de l'avenir qui s'ouvre devant elle.

ENLÈVEMENT PARENTAL

L'« enlèvement parental » recouvre trois notions précises : la non-représentation d'enfant, la soustraction de mineur à l'autorité parentale et le déplacement – ou la rétention – illicite de mineur à l'étranger.

Le Code pénal définit l'infraction de non-représentation d'enfant comme le fait de refuser indûment de représenter un enfant mineur à la personne qui a le droit de le réclamer. Ce délit est puni d'un an d'emprisonnement et de 15 000 euros d'amende.
La soustraction de mineur à ceux qui exercent l'autorité parentale, ou auxquels il a été confié, ou chez qui il a sa résidence habituelle, est incriminée des mêmes peines si l'auteur est un ascendant, et portée à cinq ans d'emprisonnement et 75 000 euros d'amende s'il s'agit d'un tiers.
Quant aux déplacements illicites de mineurs, ils concernent chaque année plusieurs centaines d'enfants – dont la moitié n'a pas atteint l'âge de cinq ans – issus de couples binationaux enlevés en France par l'un de leurs parents pour rejoindre majoritairement le Maghreb, l'Europe (Allemagne) et l'Asie (Japon). Ils doivent être signalés auprès du Bureau du droit de l'Union, du droit international privé et de l'entraide civile (BDIP), qui dépend du ministère de la Justice. Pour venir en aide aux victimes, la France a conclu des accords avec certains pays et ratifié la convention de La Haye du 25 octobre 1980.

Chère Patricia,

J'ai enfin reçu la réponse des archives : le registre du recensement de 1901 a disparu, mais ceux de 1906 et 1911, canton sud, font bien mention d'une famille Seray boulevard de la République !

Mais ce qui est étrange, c'est qu'il n'y a pas trace dans ces recensements d'une Gabrielle Simonne au sein de la famille Seray… J'en ai déduit qu'elle était peut-être, en fait, chez la sage-femme, Mme Menanteau, et j'ai demandé aux archives de chercher la famille Menanteau sur les recensements de 1906 et 1911, à deux adresses : village des Bons et boulevard de la République. À voir…

Je vais également mener une recherche auprès des archives de l'Assistance publique car, à mon sens, il est impossible que votre grand-mère n'ait pas été enregistrée comme « enfant abandonnée » – j'ai vu des archives plus anciennes, où c'est le protocole – auprès de l'Assistance publique, que ce soit par le biais de la sage-femme ou de services hospitaliers. Ainsi, on pourrait peut-être découvrir à qui elle a été confiée en famille d'accueil.

Amicales pensées,
Nelly

Les méfaits du mensonge

« Ma mère était une chipie »

Lorsqu'il parle d'elle, Stéphane ne peut l'appeler autrement que par son prénom, Marie-Andrée. Jamais « maman », terme qu'il réserve à sa grand-mère qui l'a élevé lorsque sa mère a disparu, peu après sa naissance.

Stéphane a aujourd'hui quarante-deux ans et vit à Sarreguemines, où il a grandi. Pendant très longtemps, il a enseveli cette histoire au plus profond de lui et ce n'est que récemment qu'il est parvenu à l'exhumer, grâce à sa fille Justine, âgée de dix-sept ans.

— Elle me manque… Elle m'a toujours manqué. C'est comme s'il y avait un trou quelque part en moi…

Sur l'unique photo de famille où elle apparaît, un cliché en noir et blanc pris dans les années 1950, Marie-Andrée prend la pose, assise dans l'herbe. Elle porte un large bandeau blanc dans sa chevelure claire. Un timide sourire illumine son visage poupin. En la contemplant, Stéphane me confie que, depuis quelque temps, il n'arrive plus à croire à la version familiale qui lui a été servie depuis son enfance : sa mère, une noceuse, une droguée, n'aurait pas été en mesure d'élever ce fils qu'elle avait été seule à reconnaître à sa naissance. Aussi ses parents n'avaient-ils eu d'autres choix que de la laisser partir vivre sa vie et de le prendre en charge.

Avec le soutien de Justine, il est parvenu à soutirer à sa grand-mère une adresse déjà ancienne de Marie-Andrée aux Antilles, où elle aurait suivi son compagnon d'alors.

Quelque chose me dit que cette femme, veuve depuis peu, en sait beaucoup plus qu'elle ne veut bien l'avouer… Aussi, avant de m'adonner aux recherches sur cette piste lointaine, je profite de ma présence à Sarreguemines pour aller la questionner.

Le cœur battant, me voilà devant la porte de son appartement à attendre qu'elle vienne m'ouvrir. J'entends des pas, c'est bon signe. La télé fonctionne à tue-tête et couvre le bruit de la sonnette. J'insiste, donne quelques petits coups contre la cloison, persuadée qu'on ne m'a pas entendue, mais rien ne se passe. Justine, qui vient voler à mon secours, n'a pas l'air étonnée outre mesure :

— C'est comme ça chaque fois qu'on pose des questions sur Marie-Andrée. Silence radio !

On dirait que ma grand-mère, ma tante, tous ont quelque chose à cacher… C'est bizarre…

Heureusement, le coup de fil passé aux services administratifs antillais se révèle plus productif. Marie-Andrée vivrait toujours dans les DOM-TOM, mais à La Réunion ! On me communique une adresse récente.

Ni une ni deux, me voilà repartie sur l'« île intense », là où quelques mois plus tôt m'avait déjà menée l'enquête de Carole.

À la recherche de « Madame France », qui, aux dernières nouvelles, l'hébergeait, je me perds dans un lotissement sans âme où tous les immeubles se ressemblent, le long d'une rue à la numérotation capricieuse. Quelqu'un finit par me conduire jusqu'à un portail blanc où habite ma mystérieuse interlocutrice, connue du voisinage sous le nom de « Marie-Ange ».

C'est elle qui vient m'ouvrir, mais, craignant de s'attirer des ennuis, elle hésite à admettre qu'elle connaît et a bien hébergé Marie-Andrée. Je fais fondre sa résistance en lui parlant de Stéphane, là-bas, en métropole.

— Elle m'a souvent parlé de ce fils, dont elle n'avait plus de nouvelles, lâche Mme France. Mais elle ne vit plus ici. Un beau jour, elle est partie de chez moi, comme ça, sur un coup de tête. On s'était habillées, prêtes à partir à la messe et tout d'un coup, elle m'annonce qu'elle s'en va retrouver son copain ! Je ne l'ai jamais revue depuis.

Selon elle, Marie-Andrée se serait mise en ménage avec David au Port, une commune voisine, non loin de l'ancien Bazar, et je pourrais bien la croiser dans un des karaokés où elle va régulièrement faire des vocalises. Je fais la tournée des établissements qui jalonnent la côte et finis par tomber sur la gérante d'un bar qui me confirme que la « *métro Marie* » est bien une habituée du coin.

— Mais, tiens ! s'écrie-t-elle soudain en pointant du doigt une jeune femme qui passe sur le trottoir d'en face. C'est la copine de Marie, allez la voir, elle vous en dira certainement davantage.

Je hèle la dame en question, qui m'apprend que Marie (personne ne l'appelle ici par son prénom composé) a quitté David pour s'installer à Saint-André, chez sa fille Sonia. Sonia, qui a hérité des yeux bridés de son père chinois, élève seule sa ravissante petite Maëlis. Elle n'interrompt ses révélations que pour me présenter David, qui passe au même moment sous nos yeux par le plus grand des hasards !

Sans rancune vis-à-vis de Marie, ce Réunionnais d'au moins vingt ans son cadet accepte de me guider dans le dédale d'un bidonville jusqu'à l'ex de Sonia, papa de la fameuse Maëlis, lequel me dicte l'adresse tant espérée, dans le nord de l'île.

C'est la gracieuse Sonia, portant son adorable petite fille, que j'aperçois en premier, suivie de peu par Marie-Andrée. Quand je lui dévoile la raison qui m'a fait parcourir ces quelque 10 000 km pour arriver jusqu'à elle, elle me dévisage, incrédule, de son regard bleu pétillant, avant de se mettre à rire, d'éclater en sanglots, puis de danser autour de moi.

— Stéphane, c'est mon fils, c'est le mien ! J'ai mal… Ça fait quarante ans que j'ai mal ! Ce n'est pas de ma faute… Je ne voulais pas l'abandonner, moi… Mais quand je me suis retrouvée fille-mère, mes parents m'ont mise dehors, et ma mère s'est accaparée mon bébé. C'était une chipie !

Sonia confirme : toute sa vie, Marie-Andrée n'a eu de cesse de pleurer ce fils qu'on lui avait enlevé. Toutefois, sachant l'intolérance de sa famille, il lui était impossible d'envisager un retour en métropole avec ses deux enfants métis, Sonia, eurasienne, et son frère aîné, moitié « kaf », moitié « zoreil » !

Repassant de 30 °C à −2 °C en quelques heures, je retrouve Stéphane et sa fille Justine à Sarreguemines pour leur faire part du résultat de mon enquête. Je vois à leurs visages tendus qu'ils attendent le récit de mon voyage avec autant d'impatience que d'appréhension. Quelques secondes suffisent pour qu'en découvrant les premières images de Marie-Andrée ils se mettent, comme elle, à passer du rire aux larmes, avant que Stéphane ne laisse éclater sa colère :

— Je sais enfin la vérité ! Pendant plus de quarante ans, on m'a menti ! Maintenant, je vais pouvoir repartir sur de nouvelles bases… Et pour commencer, d'ici quelques mois, avec ma femme et mes deux filles, direction La Réunion pour les vacances !

LA SÉRENDIPITÉ

Cher lecteur, comme tu l'as sans doute déjà noté plusieurs fois au fil de ces histoires, je suis secondée dans mes enquêtes par une assistante d'une efficacité inouïe. J'arrive dans une rue déserte d'une ville étrangère et la première personne qui passe est celle que je suis venue chercher ! On me parle du dernier compagnon de la femme disparue que je recherche, et le voilà de l'autre côté de la rue ! Je me présente au consulat de France de San Diego et je tombe sur un ami de trente ans de mon disparu ! Et tout cela sans trucage ni effets spéciaux… mais avec une bonne dose de « sérendipité », mot emprunté à l'anglais *serendipity*.

J'ai pu mettre ce nom sur ce que j'appelais jusqu'alors – faute de mieux – de la chance, en lisant le livre d'Anne Ancelin Schützenberger intitulé *Psychogénéalogie : Guérir les blessures familiales et se retrouver soi* : « Le concept de sérendipité permet de comprendre comment on "saisit aux cheveux" l'occasion ou la chance qui passe », explique-t-elle. « Tout se passe comme si, avec un cœur pur, on "aimantait" à partir d'une certaine disposition intérieure, qui fait qu'arrive ce dont on a besoin pour soi ou pour d'autres, sans le chercher, mais en le voyant surgir à l'improviste sur son chemin. On le cueille pour en faire usage, pour soi – et surtout pour l'offrir à qui en a besoin. » (Payot, 2015).

Chère Patricia,

Le nom Girere, ainsi orthographié, existe bel et bien à Rochefort !

J'ai relevé une Odette Girere née à Rochefort le 16 août 1901, qui était la fille d'Abel Girere, menuisier, et de Marie-Madelaine Betesta, sans profession, habitant 153, rue de la République !

Je me suis souvenue d'un détail que vous m'aviez communiqué sans trop savoir quoi en faire : l'une des enfants de l'Assistance publique ayant résidé chez le couple Seray, Cécile, avec laquelle vous avez toujours gardé le contact, vous avait livré que la maman Seray, Jeanne, aurait fait la rencontre de la mère biologique de Gabrielle à la maternité où leurs grossesses simultanées étaient suivies. Cela colle, puisque le petit dernier du couple Seray est né le 20 novembre 1904 !

Si tout cela tient debout, cette Odette Girere serait la sœur aînée de Gabrielle, et la mère biologique des deux filles serait Marie-Madelaine Betesta, épouse Girere !

Mais n'allons pas trop vite en besogne, car ce qui m'embête un peu tout de même, c'est que, si abandon il y a eu, il était le fait d'un couple marié… En même temps, je me dis que pour toutes sortes de raisons, ce ne serait pas exceptionnel non plus…

J'ai hâte d'obtenir d'autres renseignements qui confirmeront ou infirmeront cette hypothèse !

Je vous embrasse,
Nelly

« Une bonne surprise »

L'enfance d'Audrey, brune quadragénaire pleine d'allant, mariée et mère de famille, a été marquée par deux absences dont elle ne s'est jamais remise : celle de sa mère d'abord, qui, depuis sa séparation d'avec son conjoint, multipliait les fugues, et celle, quasi simultanée, de son frère, Stéphane, son aîné de deux ans.

Audrey est alors placée à la DDASS, puis chez des familles d'accueil jusqu'à son septième anniversaire, où sa grand-mère maternelle, Marie-Antoinette, parvient à obtenir sa garde. Stéphane, quant à lui, est confié à sa grand-tante, Paulette, sœur de Marie-Antoinette qui, ne pouvant avoir d'enfant, a proposé généreusement à cette dernière – qui compte déjà, avec Audrey, sept enfants sous son toit – de le prendre temporairement à sa charge.

Mais Paulette se montre de plus en plus distante avec sa sœur, jusqu'à se volatiliser purement et simplement avec son petit-neveu.

— La dernière fois que j'ai parlé avec elle, se souvient Marie-Antoinette la gorge serrée, je lui ai dit que je comptais reprendre Stéphane pour qu'il soit élevé avec Audrey. Elle m'a répondu de ne pas y compter, et m'a juré que jamais il ne saurait qu'il a une sœur.

Paulette a-t-elle mis sa menace à exécution ? Pour le savoir, je tente une première piste que Marie-Antoinette n'a jamais osé explorer : une belle-sœur, à Lyon, qui serait restée longtemps en contact avec la ravisseuse après son méfait.

C'est une dame âgée et en fauteuil roulant qui me reçoit, en présence de sa fille. Paulette ? Toutes deux gardent bien en mémoire cet épisode d'enlèvement, mais cela fait des années qu'elles n'ont plus aucun contact avec cette lointaine parente qui, par crainte de se voir reprendre le petit Stéphane, a coupé les ponts avec tous les membres de la famille. Un détail leur revient néanmoins à l'esprit : avec son mari, Michel, ils avaient le projet d'aller s'installer au bord de l'océan, vers la Charente-Maritime. L'indice est flou, mais, en s'y accrochant, on pourra peut-être arriver à un résultat…

Parallèlement, je m'ôte un doute en contactant la mairie de naissance de Stéphane : Paulette et Michel l'ont adopté et il porte désormais leur nom. Pour autant que je sache, il est inconcevable que la grand-tante ait pu obtenir l'adoption plénière de son petit-neveu sans que la grand-mère en soit seulement avisée. Mais rien n'empêche d'imaginer que Paulette ait pu bénéficier d'un passe-droit, d'un raté ou d'un excès de confiance du système judiciaire…

J'oriente donc mes recherches vers la Charente-Maritime et j'obtiens une adresse dans les environs de La Rochelle, où Paulette et Michel ont fait bâtir une maison.

Alors que je m'apprête à sonner à leur porte, je suis prise de court par un homme qui l'ouvre. C'est Michel. Je lui demande naïvement si Stéphane est là. Comme si, à quarante-deux ans, il vivait encore chez ses parents ! Intriguée par notre conversation, Paulette, qui nous épiait derrière son voilage, entrebâille brièvement la fenêtre de sa cuisine avant de la refermer sèchement. Je m'attends à la voir bondir dehors pour empêcher son mari de me donner les coordonnées de leur fils, mais non : Michel me lâche l'adresse. Ouf, je crois bien que la tâche aurait été autrement plus ardue si j'avais eu affaire à elle !

Stéphane ne vit qu'à une vingtaine de kilomètres de chez eux et j'en déduis, peut-être à tort, qu'il n'a pas coupé le cordon et ignore probablement son adoption. En quels termes vais-je lui annoncer la nouvelle ? Et surtout, comment va-t-il réagir ?

En arrivant devant chez lui, je trouve tous les volets fermés. Les voisins m'apprennent qu'il travaille de nuit dans un hôpital et doit probablement être en train de dormir. En insistant un peu, je le tire du lit et, sans même savoir ce qui m'amène, il m'invite à entrer. Visage avenant, allure décontractée, il a les mêmes yeux rieurs que sa sœur et les cheveux aussi longs qu'elle les a courts ! Son amie travaille au village, au *Bar du Cercle*, mais il est seul ce matin et m'invite à partager son petit déjeuner pendant que je lui révèle qui m'a envoyée à sa recherche.

— Ma sœur ? m'interrompt-il, interloqué, alors que je lui fais part de la raison de ma présence. J'ai une sœur, vous êtes sûre ?

Pour preuve, je lui tends un petit cahier d'écolier que m'a confié Audrey, dans lequel elle consigne toutes ses recherches depuis vingt ans.

— On ne s'est jamais étendus sur le sujet avec mes parents, et je n'ai pas trop insisté pour ne pas leur faire de mal… Mais je me suis toujours dit qu'un jour, quand ils ne seront plus là, j'entamerai des démarches pour tirer tout ça au clair…

Ainsi donc, Paulette avait tenu parole : Stéphane avait été élevé en fils unique, sans même savoir qu'il avait une sœur cadette !

Je laisse le soin à Audrey, lors de leurs retrouvailles quelques jours plus tard, de lui annoncer que sa mère adoptive n'est autre que sa grand-tante biologique, la sœur de sa grand-mère Marie-Antoinette, à qui il a tant manqué.

— Maintenant, je vais me dire qu'il y a quelqu'un, à l'autre bout de la France, quelqu'un que je n'attendais absolument pas dans ma vie, qui pense à moi, et ça va m'enrichir ! conclut Stéphane en serrant dans ses bras sa petite sœur au comble du bonheur.

DES DISPARUS CÉLÈBRES

Ils étaient chanteurs, acteurs, humoristes, animateurs... Au fil des années, de leurs prestations scéniques, cinématographiques ou télévisées, leurs visages nous étaient devenus familiers. Et voilà qu'on apprend que, du jour au lendemain et sans laisser la moindre trace, ils ont disparu ! Qu'un anonyme, une personne lambda, se volatilise nous semble déjà invraisemblable, mais qu'une célébrité, par définition connue et reconnue, puisse s'évaporer dans la nature, nous laisse pantois et marque les annales autant que nos esprits. Ainsi, trente-trois ans après, personne n'a oublié Teddy Vrignault, du célèbre tandem Les Frères ennemis, humoriste et acteur, qui a faussé subitement compagnie à son acolyte le 1er novembre 1984. En vertu de la loi française, il a été déclaré mort le 1er novembre 2004, sans qu'aucune piste n'ait livré le moindre début d'explication.

D'aucuns se souviennent également d'Alain Kan, chanteur à scandale des années 1970 au physique androgyne, qui se targuait d'avoir eu une liaison avec David Bowie. Né de père inconnu, il a grandi avec une demi-sœur, Véronique, qui allait devenir l'épouse du chanteur Christophe.

Après son dernier album *Parfums de nuit*, sorti en 1986, il décide d'arrêter sa carrière et devient représentant en produits informatiques. Il a été vu pour la dernière fois à Paris, dans le métro, station Rue de la Pompe, le 14 avril 1990.

Le 6 août 1985, c'est Philippe de Dieuleveult, célèbre animateur de l'émission *La Chasse au trésor* dans les années 1980, qui disparaît mystérieusement lors d'une descente en rafting sur le Zaïre, deuxième fleuve du monde par son débit. La révélation de son appartenance à la DGSE, le service de renseignement français, donna naissance à toutes sortes de suppositions (assassinat, bavure policière…) dont aucune n'a pu être vérifiée.

Et, remontant plus haut dans le temps, on pourra aussi citer l'écrivain et aviateur Antoine de Saint-Exupéry, papa du *Petit Prince*, disparu en mer le 31 juillet 1944 lors d'une mission de reconnaissance aérienne au large de Marseille. Les débris de son avion, un Lightning P-38, ont été retrouvés par 70 mètres de fond en 2000. Les hypothèses les plus diverses

ont circulé sur le mystère de sa mort : accident, malaise, erreur de pilotage, suicide ou, plus vraisemblablement, tirs d'un chasseur allemand.
Aux États-Unis, on évoquera la disparition mystérieuse du chanteur et guitariste Jim Sullivan dans le désert du Nouveau-Mexique en mars 1975. Le nom de l'album qui l'a rendu célèbre, *UFO*, et le lieu de la disparition, suscitèrent la rumeur d'un enlèvement extraterrestre...
Toujours outre-Atlantique, on reste sans nouvelles de l'acteur Joe Pichler, né en 1987, rendu célèbre par son rôle dans les comédies *Beethoven* 3 et 4. Seule sa voiture a été retrouvée le 5 janvier 2006, garée près d'un restaurant de l'État de Washington.

Chère Patricia,

Une petite précision qui ne manque pas d'intérêt : j'ai découvert que la rue de la République et le boulevard de la République ne constituent qu'une seule et même voie ! La rue a été rebaptisée « boulevard », voilà tout.

La famille Seray réside bien au 5, rue de la République, dans la « maison Menanteau », du nom de la sage-femme qui en est propriétaire !

Votre père et vous devez être dans la plus grande impatience, et croyez bien que je partage votre hâte de savoir. En matière de recherches généalogiques, cela arrive souvent : on construit quelque chose qui paraît solide, et patatras ! Un détail surgit et toute la construction tombe à l'eau ! En même temps, c'est ce qui permet d'avancer tout doucement, en procédant par élimination. J'espère tout de même ne pas vous avoir fait de fausse joie…

Vous devez vous dire, comme moi, que le 5 et le 153, rue de la République ne sont pas dans un voisinage très proche… Mais « passer un enfant par-dessus un grillage » ne signifie pas obligatoirement que les maisons soient mitoyennes. Rien n'empêche d'imaginer qu'on ait fait 200 ou 300 mètres à pied par l'arrière des maisons pour se passer un enfant par-dessus un grillage… Ni de supposer qu'il y ait eu rapprochement des deux familles dans la même rue pour que la chose soit possible « par-dessus le grillage » en 1904, mais les recensements n'ayant lieu que tous les cinq ans, on l'ignore…

Et il se pourrait même que le grillage mitoyen ait existé à un moment donné, puisque j'ai trouvé qu'en novembre 1894, les parents de Jeanne épouse Seray, M. et Mme Maigrier, vivaient au 155, rue des Fonderies (rebaptisée « rue de la République » après 1899) ! Mais Mme veuve Maigrier résidait-elle encore à cette adresse au mois d'août 1901, quand les Girere habitent au 153, et surtout y était-elle encore en 1904, à la naissance de Gabrielle ? Mystère ! La seule chose dont on ait la certitude, c'est qu'en 1906, elle vit chez sa fille Jeanne, au 5, rue de la République…

Aïe, aïe, aïe ! Je viens de voir que, pendant que je vous écris, un mail est arrivé de la mairie de Rochefort… Je vais voir ce qu'il contient et je reviens vers vous très vite !

Je vous embrasse,
Nelly

« Écrire son nom »

Nicolette s'exprime dans un français parfait, teinté d'un accent musical. Cette Brésilienne, dont l'allure alerte ne trahit pas les soixante-seize printemps, n'a en effet jamais cessé de pratiquer, avec sa sœur Claudie, soixante-dix-neuf ans, cette langue qui leur vient de leur mère, disparue sans laisser de trace, comme leur père, en 1939.

L'histoire de leur famille commence à Paris, où un jeune Russe du nom de Stepan Matchouline vient s'installer, en 1930, pour y faire des études d'ingénieur. Il y fait la connaissance de la jolie Georgette, qu'il épouse. Le couple s'installe rue de la Fédération, dans le 15e arrondissement, et a une première petite fille, Claudie.

Stepan, qui a traversé la révolution russe, sentant des troubles se profiler en France, entreprend d'émigrer avec sa famille au Brésil. C'est à Sao Paulo que Nicolette voit le jour, et les photographies en noir et blanc qu'elle a gardées de cette époque témoignent d'un foyer uni et heureux.

Tout vole en éclats un jour de 1939 qui a marqué Claudie, alors âgée de sept ans, au fer rouge :

— Un matin, des hommes sont venus chercher mon père, et ils l'ont emmené dans une voiture noire. Puis c'est notre mère qui a disparu à son tour et on nous a placées, ma petite sœur Nicolette et moi, dans deux familles d'accueil.

Ont-ils été expulsés du Brésil ? Ont-ils dû rentrer en France, et dans ce cas, pourquoi n'ont-ils jamais plus essayé de reprendre contact avec leurs deux filles abandonnées sur place ?

Nous convenons, avec Nicolette, de commencer par explorer la piste française, et elle me rejoint à Paris, bien décidée à découvrir ce qui est arrivé à ses parents. Le courant passe entre nous dès la première seconde et, ne serait-ce que parce qu'elle a fait ce long voyage jusqu'à moi, je me sens le devoir de ne pas la décevoir.

Dans les archives municipales, je ne trouve rien sur Georgette que je ne connaisse déjà, si ce n'est la mention du décès de sa mère, Marguerite, en 1970 en Ardèche. Je localise facilement la personne qui l'a déclaré, un certain Jean-Jacques G., qui m'apprend qu'il était son petit-fils. Quelle n'est pas sa surprise lorsque je lui révèle qu'elle avait aussi deux petites-filles au Brésil, dont l'une se trouve actuellement en France !

La rencontre entre Nicolette et son cousin germain, à peine plus jeune qu'elle, est chaleureuse, mais ne nous apporte aucun indice permettant de faire progresser notre recherche. Jean-Jacques savait seulement que sa mère avait une sœur, mais ni elle ni sa grand-mère n'ont jamais consenti à lui en parler. Le sujet était tabou. Grâce à ses albums photos, qui recèlent quelques clichés des deux sœurs réunies, Nicolette peut malgré tout, pour la première fois, mettre un visage sur sa grand-mère et sa mère enfant.

Nous sommes arrivées au terme de la partie française de notre enquête. L'aventure se poursuit donc quelques semaines plus tard, au Brésil, où c'est cette fois Nicolette qui m'accueille avec un bouquet de fleurs et sa chaleur communicative. Tant d'années après, les langues commencent à se délier à Sao Paulo, et elle a de bonnes raisons de penser que ses parents ont fait partie de ces convois de prisonniers politiques que l'on envoyait au « Juqueri », l'un des hôpitaux psychiatriques les plus importants d'Amérique du Sud.

Pour en avoir le cœur net, Nicolette et moi nous y rendons dès mon atterrissage. Nous sommes saisies par cet imposant complexe du XIXe siècle, camouflé par une luxuriante végétation, qui porte encore les stigmates des drames qui se sont joués ici. Lesquels au juste ? Car le Juqueri a, par le passé, été assimilé à un camp de concentration, et nous devons négocier âprement pour nous en faire ouvrir les archives.

Nicolette et moi croyons défaillir lorsqu'on nous annonce qu'en dépit de l'incendie de 2005 qui a ravagé la plupart des documents les dossiers de Georgette et Stepan sont toujours là. Nicolette n'arrive pas à l'ouvrir, tant elle tremble de tous ses membres :

— Je vais enfin savoir ce qui est arrivé à mes parents, ce jour de 1939 où ils ont disparu !

À l'intérieur, agrafées en première page, leurs photos d'identité. Stepan a les cheveux rasés, le visage émacié. Georgette, si élégante dans les souvenirs de Nicolette, n'est plus qu'une femme détruite, au regard apeuré et à l'apparence négligée. Nous apprenons que tous deux ont été internés pour troubles schizophréniques et mis à l'isolement pendant de longues années. Une schizophrénie subite et simultanée. Stepan, entré le 15 juillet 1939, y est décédé le 8 décembre 1966. L'internement de Colette, daté du même jour que son mari, a pris fin avec son décès le 21 octobre 1996.

Ainsi donc, Claudie et Nicolette ont vécu à quelques dizaines de kilomètres à peine de leur mère internée de force, sans en rien soupçonner.

Aucune trace de Stepan dans le cimetière jouxtant le Juqueri, où de nombreuses tombes ont été vandalisées, mais dans celui d'une ville voisine, on nous indique l'emplacement de la case où sont enterrés les restes de Georgette.

Sur le carré de mur maçonné portant le numéro « 31 », Nicolette écrit d'un geste assuré au feutre noir : « Georgette Éliane Rossignol », redonnant ainsi à sa mère sa place et sa dignité.

— Voilà, dit-elle en poussant un grand soupir de soulagement, je suis contente d'avoir pu écrire son nom. Elle n'est plus un numéro, elle est de nouveau un être humain. Et les gens sont vivants tant qu'on se rappelle d'eux.

Nicolette me donne régulièrement de ses nouvelles : elle poursuit sa quête et s'est rendue dernièrement en Russie, où elle s'est découvert d'autres cousins germains, de sa branche paternelle cette fois. Elle a aussi appris que son père avait été incarcéré à Paris, en 1933, pour motif politique, puis relâché. De la steppe de Krasnodar à l'enceinte du Juqueri, sa petite histoire a rejoint la grande et fera, un jour, l'objet d'un livre qu'elle a commencé à écrire mais dont elle sait le mot « fin » encore loin.

LES MOTS DE NICOLETTE

« Qu'est-il arrivé à mes parents lorsqu'ils ont disparu ? Cette question m'a poussée du Brésil vers la France, de Paris à l'Ardèche, de Sao Paulo au Juqueri, du Brésil à la Russie… Amoureuse des illusions, comme tout le monde, je souhaiterais que les choses que j'y ai découvertes ne soient

pas vraies, mais les faits sont là, et je veux les crier bien haut.
Le 15 juillet 1939, Stepan Matchouline, âgé de trente-trois ans, de nationalité russe, natif de Perepravnaia, marié, a été arrêté par des agents de la Police centrale en plein jour, dans la maison familiale, 50, rue du Dr Pinto Ferraz, São Paulo, Brésil, sous les yeux de sa femme et de ses deux filles mineures. Sans mandat légal ni justification d'aucune sorte, il a été conduit à la clinique psychiatrique de l'hôpital central du Juqueri, où il restera jusqu'à sa mort. Le 25 juillet 1939, Georgette Éliane Rossignol Matchouline, son épouse, toujours sous les yeux de ses deux filles mineures, a été arrêtée et transférée au Juqueri, où elle restera jusqu'à sa mort. Sous l'étiquette d'"hôpital", le Juqueri fut l'immense camp de concentration du Brésil. À leur arrivée, les "malades" avaient la tête rasée, leurs vêtements étaient confisqués. Vivant dans des conditions effroyables, ils mouraient de froid, de faim, de maladies ou sous les électrochocs répetés. Leurs corps étaient revendus pour une poignée de cruzeiros aux amphithéâtres des universités de médecine. »

« J'ai imaginé le pire »

Depuis toujours, Marie-Claude sentait que quelque chose ne tournait pas rond dans sa famille. Elle savait que l'homme avec qui sa mère, son frère, sa sœur et elle vivaient n'était pas son père, que son vrai père, lui, s'était éclipsé du jour au lendemain, mais rien ne lui avait laissé soupçonner « ça ».

« Ça », elle le découvre d'une façon on ne peut plus banale, en demandant une fiche d'état civil à la mairie en vue de son mariage : elle a une grande sœur, Murielle, de trois ans son aînée, qu'elle n'a jamais vue.

Elle questionne aussitôt sa mère, mais se heurte à un bloc de silence. « Ça ne te regarde pas, c'est ma vie d'avant ! », lui rétorque celle-ci, allant jusqu'à la menacer de ne plus jamais lui adresser la parole si elle entame des recherches. Pour éviter de se brouiller avec sa mère et ses frère et sœur qui ne voient pas l'intérêt de mettre la main sur le père disparu, elle met de côté ses interrogations le temps de prendre son indépendance. Elle tente alors de retrouver la trace du baptême de sa sœur à la paroisse où elle-même a reçu ce sacrement, et l'adresse de son père, Pierre Lefebvre, auprès de la gendarmerie puis dans de vieux annuaires. Mais avec un nom pareil, autant chercher une aiguille dans une botte de foin !

— Je n'ai obtenu aucun renseignement. Du coup, j'ai imaginé le pire : si ma mère refusait d'évoquer cette sœur, c'est qu'elle l'avait abandonnée, peut-être par suite d'un handicap, ou qu'elle était décédée…

De son côté, Murielle, la « disparue », découvre l'existence de sa petite sœur Marie-Claude dans des circonstances similaires : en réclamant à son père son livret de famille (où ne figurent cependant pas les plus jeunes enfants, Florence et Johnny) en vue de son mariage. Elle constate aussi que ses parents, séparés depuis plus de vingt ans, n'ont jamais divorcé. Elle-même a grandi en Belgique, à quelques kilomètres de la frontière française, élevée par son père et sa belle-mère. Petite, on lui avait expliqué que c'était lui qui avait obtenu sa garde, sa mère, Marie-Françoise, ne bénéficiant que d'un droit de visite. Au fil des années, Murielle s'était demandé ce qu'elle avait bien pu faire de mal pour que celle-ci n'en usât pas une seule fois. Savait-elle seulement où se trouvait sa fille ?

Pour en avoir le cœur net, elle contacte le consulat de France à Bruxelles, qui lui communique l'adresse de sa génitrice. Elle passe plusieurs heures à lui écrire une longue lettre qui ne recevra aucune réponse, puis baisse les bras. Jusqu'au décès de son père, où un oncle lui remet une photo du mariage de ses parents. Elle découvre pour la première fois, à trente ans, le visage de sa mère.

Ainsi donc, lorsque les sœurs se trouveront enfin réunies, à l'instigation de Marie-Claude, qui m'a contactée pour l'aider à recoller cette moitié perdue de sa famille, elles se découvriront d'incroyables points communs. Elles ont connu l'existence l'une de l'autre quasi simultanément, étaient mues par le même élan l'une vers l'autre et, comme des jumelles qui auraient été séparées, ont suivi des itinéraires parallèles : toutes deux ont découvert l'existence d'une sœur en demandant une pièce d'état civil à l'occasion de leur mariage ; toutes deux ont essayé d'en savoir davantage sans rien obtenir du parent qui les élevait ; toutes deux se sont mariées en 1994, et Murielle, qui ignorait qu'elle avait un jeune frère prénommé Johnny, a épousé un homme qui s'appelle Johnny !

Il reste aux deux sœurs réunies une interrogation commune, à laquelle seule leur mère pourra apporter, si elle y consent, une réponse : pourquoi leur père était-il parti en emmenant l'aînée avec lui ? Pour quelle raison le couple avait-il décidé de séparer les enfants ?

LE DISPARU FACE À LA LOI

L'article 8 du Code civil français permet de déclarer judiciairement, à la requête du procureur de la République ou des parties intéressées, le décès de tout Français disparu en France ou hors de France, dans des circonstances de nature à mettre sa vie en danger, lorsque son corps n'a pu être retrouvé.

La loi fait cependant la distinction entre le « disparu » et l'« absent ».

Dans le cas du « disparu », son décès est certain mais ne peut être constaté. La loi prévoit alors que le décès soit déclaré judiciairement. Cela aura pour conséquence que le mariage ou le PACS seront dissous ; la succession sera ouverte ; les enfants mineurs seront placés sous administration légale, s'il reste un parent, ou sinon, sous tutelle.

Dans le cas de l'« absent », qui désigne « celui qui a cessé de paraître au lieu de son domicile sans qu'on ait eu de ses nouvelles », le décès n'est pas certain. La loi prévoit alors également une déclaration judiciaire, la « déclaration d'absence », qui aura les mêmes conséquences qu'un décès, mais au bout d'un délai de vingt ans (qui peut être, par décision du juge, ramené à dix ans).

Et si l'« absent » revient ? Il pourra reprendre possession de son patrimoine dans l'état où il se trouvera, mais si un jugement a conclu au décès, même en l'annulant, le mariage de l'ex-absent restera dissous.

« Est-ce qu'elle porte le voile ? »

Sa mère, Fatima, est partie en l'abandonnant lorsqu'il n'avait pas encore deux ans. C'est du moins la version des faits qu'on répète à Yvan depuis son plus jeune âge : une femme incapable de s'occuper de son enfant, une personne indigne de confiance…

Mais aujourd'hui, ce grand gaillard de trente-quatre printemps, à la tête, dans le Tarn, d'un élevage canin et d'une famille recomposée de cinq enfants, a de sérieux doutes sur la véracité de l'histoire. Ne l'aurait-on pas plutôt forcée à disparaître ?

La question le taraude d'autant plus qu'il a le souvenir très vif d'un appel téléphonique de sa mère, l'année de ses sept ans : en larmes, elle lui promettait de venir le voir très bientôt. Mais sa grand-mère lui avait arraché le récepteur pour interrompre leur conversation. Yvan reste hanté par cet épisode.

— On ne m'a jamais rien dit sur elle… Je ne sais rien… Et la seule photo que j'avais d'elle, celle du mariage avec mon père, je l'ai perdue ! Lorsque, dans la rue, je croise une Maghrébine de sa génération, je me retourne sur elle en me demandant s'il ne s'agit pas de ma mère. Est-ce qu'elle porte le voile ? Je me demande…

En me confiant le soin de retrouver sa maman, Yvan m'avoue sa crainte de se heurter à un refus de sa part, ou pire, d'apprendre qu'elle n'est plus de ce monde et qu'il a définitivement perdu toute chance de la connaître. Je le rassure comme je peux en lui faisant valoir que Fatima ne doit pas avoir plus de cinquante-cinq ans.

En interrogeant son père, qui accepte de me parler de Fatima comme il ne l'a jamais fait avec son fils, je découvre qu'elle avait été elle-même abandonnée par sa mère, Gisèle :

— Elle a disparu comme ça, du jour au lendemain, se remémore-t-il douloureusement. Quand je suis rentré du travail, le petit était chez la voisine, et j'ai trouvé un mot sur la table qui disait : « Je suis partie rejoindre ma mère. » Sans autre explication…

En tapant le patronyme de Gisèle sur Internet, je trouve deux personnes qui portent le même et – je n'en crois pas mes yeux – un avis de recherche concernant la même Gisèle sur mon propre site Internet ! La personne qui l'a posté s'appelle Malika D., et habite en banlieue parisienne. Elle aussi a été abandonnée par Gisèle. C'est une demi-sœur de Fatima. Les coordonnées qu'elle a laissées ne sont plus valides, mais je parviens rapidement à la localiser, toujours dans la région parisienne.

Malika connaît l'existence de Fatima par son dossier de la DDASS, mais ne l'a jamais vue. En revanche, elle a tout récemment fait la connaissance de sa mère, qui était partie l'année de ses deux ans (au même âge qu'Yvan...).

Dans le dossier de Malika, des courriers bouleversants de Gisèle témoignent de son désir de récupérer ses deux filles, Malika et Radija, dont la garde lui a été retirée parce qu'elle vivait dans une pièce de deux mètres cinquante sur trois, sans eau ni fenêtre...

Gisèle aurait eu, en tout, quatre filles qu'elle a été contrainte d'abandonner. À la mairie de Gennevilliers, j'obtiens les actes de naissance des deux premières, Fatima et Yamina, décédées à quarante-six et quarante-quatre ans.

Je repense aux craintes d'Yvan lorsqu'il m'avait confié l'enquête, et il me faut maintenant lui rapporter cette triste certitude.

Le décès de Fatima ayant été déclaré par son compagnon Jean-Luc, je me mets à sa recherche et lui rends visite. Fatima lui parlait souvent de son fils, que ses ex-mari et ex-belle-mère lui avaient arraché, me confie-t-il. En désespoir de cause, elle avait noyé son chagrin, tous ses chagrins, dans l'alcool. Je suis catastrophée de découvrir, lorsque je lui demande de me montrer une photo d'elle, qu'il n'en possède pas une seule. Non, pas même une photo d'identité. Ainsi donc, cette femme qui avait donné tant d'amour autour d'elle avait traversé la vie en silence, en souffrance, sans rien laisser… Depuis ce jour-là, je prends régulièrement mes ami(e)s, mes proches en photo, et ils savent qu'ils le doivent à Fatima.

Je donne rendez-vous à Yvan à Paris pour lui présenter sa tante Malika. À son visage anxieux, je comprends que je ne peux différer l'annonce de la triste nouvelle. Yvan accuse durement le choc. Savoir que Fatima n'a pas eu d'autre enfant après lui paraît cependant le rasséréner un peu.

Il est bientôt rejoint par Radija, la sœur de Malika, accompagnée de ses enfants, qui lui propose d'aller rendre visite prochainement, tous ensemble, à Gisèle, leur grand-mère maternelle. Âgée de quatre-vingt-sept ans, elle vit depuis toujours, ou presque, à quelques kilomètres seulement de chez Yvan, ce petit-fils dont elle ignorait l'existence.

MOURIR SOUS X

Comment, dans un monde où la traçabilité de nos moindres faits et gestes semble s'être imposée avec les usages informatiques, peut-on encore mourir sans identité ?

Pourtant, entre 500 et 1 000 personnes décéderaient et seraient enterrées chaque année dans l'anonymat le plus complet. Et ce n'est qu'une estimation assez vague, car il n'existe pas jusqu'à ce jour de fichier exhaustif et précis. Depuis mai 2005, une circulaire oblige les hôpitaux où meurent anonymement SDF, sans-papiers, malades d'Alzheimer ou encore amnésiques, à adresser une description de la personne décédée au ministère de l'Intérieur, mais elle est loin d'être toujours respectée.
En l'absence d'identité, c'est le procureur de la République qui est seul décisionnaire de l'autorisation d'inhumer. Une fois le permis signé, il revient à la mairie du lieu de décès de contacter une entreprise de pompes funèbres et de fournir un emplacement. Auparavant auront été relevées les empreintes digitales et éventuellement effectués des prélèvements ADN, en vertu d'une loi votée en 2008, mais leur consultation ne sera permise qu'au cas par cas, et au terme d'une procédure longue et fastidieuse.
Ainsi donc, les personnes décédées sous X seront enterrées dans le carré commun d'un cimetière, et les familles qui auraient pu retrouver parmi elles un proche disparu resteront avec leurs questions.
La solution résiderait dans un fichier centralisé et informatisé, qui permettrait que les empreintes digitales, l'odontogramme, les prélèvements d'ADN et

tous les éléments contextuels (localisation géographique, origine ethnique, sexe, âge, description physique, vêtements, bijoux...) enregistrés soient croisés de façon systématique avec le fichier des personnes disparues.
Dans l'attente, une poignée d'associations aident aujourd'hui les familles à identifier les défunts et à arracher des pouvoirs publics, à défaut de la restitution du corps à la famille, qui n'est pas prévue par la loi, le droit de rendre à tout un chacun le nom qui est le sien.

Chère Patricia,

La mairie m'a transmis l'acte de naissance d'Odette, qui corrobore tous les éléments que nous avions, et nous apprend, par la mention marginale au bas du document qu'elle est « décédée le 14 novembre 1987 à Rochefort ».

J'ai aussi obtenu la page du recensement de 1906 où se trouvent les Menanteau (la famille de la sage-femme). Ils habitent « route des Bons » (aucun numéro n'est précisé). Nulle trace de Gabrielle chez eux non plus. En revanche, Henri Vincent, déclaré lui aussi de « parents non nommés » par la sage-femme en 1904, y est mentionné comme « pensionnaire », de la même façon qu'aurait dû l'être Gabrielle chez la famille Seray en 1906 et en 1911.

Plus aucune famille Girere rue de la République, d'après les mêmes recensements… Ce qui signifie clairement que les Girere, qui résidaient au 153 au moment de la naissance d'Odette, en 1901, ont déménagé depuis lors. On peut comprendre, à mon sens, qu'ils aient disparu du quartier, puisqu'on voit mal comment les parents Girere, après avoir abandonné Gabrielle, auraient pu continuer à demeurer dans la même rue que les Seray, à qui ils ont confié leur fille.

J'attends maintenant la copie de l'acte de mariage d'Odette et celle de son acte de décès, en espérant qu'on veuille bien me les transmettre.

Ce serait bien aussi d'avoir une photo de cette Odette Girere, pour voir s'il y a des traits de ressemblance avec votre grand-mère. Encore que deux sœurs ne se ressemblent pas forcément…

Je vous embrasse,
Nelly

« Pour racheter la conduite de ma mère »

Les secrets de famille éclatent parfois comme le tonnerre dans un ciel serein. Pour Chantal, ce fut l'année de ses douze ans, où celle qu'elle considérait depuis toujours comme sa mère lui révéla qu'elle était, en fait, sa grand-mère, et que c'était sa « grande sœur » Josiane qui était sa mère ! La frêle et timide jeune fille l'avait eue à dix-sept ans à peine, d'une liaison avec un homme marié. Jugée inapte à l'élever par la grand-mère, cette dernière avait pris la décision, en commun accord avec son second mari, de lui enlever sa fille et de l'élever elle-même.

Et, toujours selon elle, cela avait bien arrangé Josiane, qui avait pu se remarier, trois ans après, avec Yves, dont elle avait eu deux autres enfants.

Chantal voit souvent sa mère Josiane, ex-sœur, qu'elle continue d'appeler par son prénom, et ses demi-frère et sœur, ex-neveux, Francine et Philippe. Elle apprend que son beau-père l'a reconnue lors de son mariage avec sa mère, et elle se juge *a posteriori* stupide de n'avoir pas découvert d'elle-même le fin mot de l'histoire…

L'été de ses quinze ans, Chantal est invitée à partager les vacances familiales de Josiane. C'est la première fois qu'elle passe quelques jours seule avec sa vraie mère. Tout se déroule très bien, mais au retour, la jalousie de la grand-mère, qui craint d'être dépossédée de Chantal, éclate.

— J'ai été élevée très sévèrement par ma grand-mère. Pas le droit de sortir, pas le droit de traîner avec les garçons… Pour racheter la conduite de ma mère, qui s'était comportée, selon ma grand-mère, comme une tête de linotte et une dévergondée, je devais être exemplaire ! Il faut bien se rappeler qu'à la fin des années 1960, les filles-mères étaient mises au ban de la société…

La grand-mère s'arrange pour éloigner la fille de sa mère, et elles ne se reverront qu'une fois, à l'anniversaire des vingt ans de Chantal. Car elle s'arrange aussi pour que Josiane n'assiste pas au mariage de sa fille quelques années plus tard, posant un ultimatum à sa petite-fille : ce sera elle ou moi ! Paralysée par la loyauté dont elle se croit redevable vis-à-vis de sa grand-mère, Chantal blesse sa mère, qui, se sentant de trop, fait alors le choix de disparaître définitivement de sa vie…

Ce n'est qu'au décès de ses grands-parents que Chantal s'autorise enfin à mettre fin à ces trente et une longues années de silence. Elle lance auprès de la préfecture une recherche dans l'intérêt des familles (RIF), qui n'aboutit pas. Aucune trace de Josiane depuis l'année 1974…

Il me faudra plus d'un mois de recherches assidues pour remonter jusqu'à elle.

Une première déconvenue m'attend à l'état civil de Paris, où elle devrait figurer puisque, d'après l'acte de naissance de Chantal, sa mère serait née dans le 14e arrondissement. J'ai plus de chance à la mairie de Puteaux, où a été enregistré son acte de mariage : elle n'est pas née à Paris, mais à Clichy. Bonne pioche ! Son extrait de naissance m'apprend que, divorcée d'Yves, elle s'est remariée à l'âge de soixante-six ans.

Munie de son nouveau nom, j'entame une recherche dans les annuaires pour essayer de la localiser. Mais il faut croire qu'elle n'a pas le téléphone ou qu'elle est sur liste rouge, car cela ne donne rien. Josiane aurait-elle donc orchestré sa disparition sans négliger aucun détail, de façon à ce qu'on ne puisse jamais la retrouver ?

Yves n'est plus en contact avec elle depuis leur douloureuse séparation. Et elle s'est fâchée du même coup avec ses deux enfants, Francine et Philippe. Toutefois, Francine, qui a gardé un bon souvenir de vacances passées avec cette gentille grande sœur, il y a bien longtemps, accepte de me livrer une information décisive : Déborah, sa fille, est restée proche de sa grand-mère et connaît son adresse.

Par son entremise, j'établis le contact avec Josiane, que sa fille voudrait tant revoir.

Ayant enfin trouvé, au soir de sa vie, le bonheur auprès de son second mari, celle-ci revient sur son enfance et sa jeunesse malheureuses. J'apprends ainsi qu'elle a été abandonnée par sa mère à l'âge de quatre ans, récupérée à quatorze ans par son beau-père qu'elle ne connaissait pas, puis mise à la porte à seize ans. Lorsqu'elle se retrouve enceinte à dix-sept ans, elle demande de l'aide à sa mère, qui, sous couvert de lui porter secours, s'approprie son enfant.

— Je ne voulais pas abandonner Chantal, lui faire subir ce que j'avais moi-même connu, avoue-t-elle d'une voix fragile brisée par l'émotion. Ma mère m'a évincée… Comme je me sentais de trop, j'ai préféré disparaître… Mais pourquoi Chantal ne m'a-t-elle pas recherchée plus tôt ?

Elle qui aurait tellement voulu être une bonne mère ! Josiane culpabilise de n'avoir pas su s'imposer face à sa mère et d'être même allée jusqu'à lui jurer qu'elle ne reprendrait pas sa propre fille… Mais en ce temps-là, qui n'est pas si lointain que ça, m'explique-t-elle, lorsqu'une jeune fille avait « fauté » et se retrouvait enceinte, la pression sociale était telle qu'elle était prête à accepter n'importe quoi pour ne pas être rejetée par sa famille.

— Quand je pense que je l'ai vue pour la dernière fois le jour de ses vingt ans, et qu'elle en a aujourd'hui plus de cinquante... Quelle joie ça va être de la serrer dans mes bras ! conclut-elle dans un grand soupir.

FEU LA RIF

L'acronyme RIF désigne la « recherche dans l'intérêt des familles ». En présence d'une disparition d'adulte de nature non inquiétante, tout membre majeur de sa famille pouvait, pour renouer le lien familial, déposer une requête au commissariat ou à la préfecture de son domicile. Lorsque, à l'issue d'une enquête administrative, le disparu était retrouvé, ses coordonnées ne pouvaient être communiquées au requérant qu'avec son accord. Si tous les verbes précédents sont au passé, c'est parce que cette procédure, qui avait vu le jour après la Première Guerre mondiale pour aider les membres des familles dispersées par la guerre à se retrouver, a été supprimée par une circulaire du ministère de l'Intérieur en date du 26 avril 2013. Motif : des demandes de plus en plus éloignées de l'esprit du texte, mais aussi les « intéressantes possibilités » offertes par Internet et les réseaux sociaux.

« Avec elle, je me sentais plus forte »

La demande avait tout de suite retenu mon attention, car elle n'était pas ordinaire. En effet, même si c'était Marie-Chantal qui avait pris l'initiative de me contacter, elle le faisait au nom de toute sa famille, et son avis de recherche concernait une jeune Camerounaise qui avait brièvement partagé leur vie vingt et un ans plus tôt.

Après avoir donné le jour à Marie-Chantal et Jean-Claude, Claire apprend qu'elle ne pourra plus porter d'autre enfant et, la mort dans l'âme, se voit dans l'obligation de renoncer à ses espoirs de famille nombreuse. La famille quitte Strasbourg pour venir s'installer dans la banlieue parisienne, à Courcouronnes. Une voisine africaine lui redonne bientôt de l'espoir en lui confiant qu'une de ses amies du Cameroun chercherait une famille pour accueillir sa fille Christiane.

Marie-Chantal a aujourd'hui trente et un ans, mais elle se souvient comme si c'était hier de l'arrivée de la petite chez eux.

— Elle avait dix ans, mais on devait tout lui apprendre comme à un bébé : à manger avec des couverts, à garder des vêtements sur elle, à se brosser les dents… C'était drôle ! Elle ne voulait pas prendre de bains, parce que mon frère Jean-Claude, pour la taquiner, lui avait raconté qu'elle allait s'y décolorer ! Et la première fois qu'elle a vu la neige, elle avait peur de la toucher !

Tout en restant en contact avec ses parents par téléphone, Christiane vit au rythme de sa famille française, suit sa scolarité dans le même établissement que ses frère et sœur et, en attendant que tous les papiers de l'adoption soient parachevés, porte le double nom de K./B. Marie-Chantal et Christiane deviennent vite inséparables : elles partagent la même chambre, reçoivent les mêmes cadeaux de Noël, se chuchotent des secrets au creux de l'oreille.

Mais quelques mois plus tard, la belle histoire se conclut soudainement avec l'arrivée d'une lettre du père de Christiane qui, en termes très courtois, explique que sa troisième épouse, Pauline K., a agi sans le consulter et que, s'opposant à toute adoption par la famille

B., il réclame fermement que sa fille lui soit rendue immédiatement.

— On a cru que le ciel nous tombait sur la tête ! Mes parents ont alors demandé à la maman de Christiane, qui était déjà venue chez nous pour la communion de sa fille, de revenir en France, ce qu'elle a fait sans tergiverser, en payant son voyage, car elle ne semblait pas être dans le besoin. Quoique Pauline K. nous confirme qu'elle nous a accordé le droit d'adopter sa fille, mes parents, se fiant aux conseils de la mairie de Courcouronnes, préfèrent lui demander de ramener Christiane à son papa.

L'épisode semblait terminé lorsque, moins d'un mois après, coup de théâtre : la famille B. reçoit un courrier d'une famille d'accueil de Seine-Maritime chez qui Pauline K. a laissé sa fille. Ils s'avouent désemparés devant le chagrin de Christiane qui ne cesse de les réclamer.

Quelques mois s'écoulent sans plus aucune nouvelle du sort de Christiane, puis arrive une lettre du père, les remerciant des bons soins qu'ils ont prodigués à sa fille, enfin rentrée au pays.

Christiane ne reviendrait donc plus jamais. Une certitude qui fut très dure à accepter pour les parents B., qui se murèrent dans le silence, et plus encore pour sa complice Marie-Chantal, qui ressentit un grand vide impossible à combler.

— Avec elle, je me sentais plus forte, avoue Marie-Chantal, la voix chargée d'une émotion qu'on sent encore très vive, tant d'années après… J'ai toujours gardé sur moi quelques photos d'elle. Et quand mes enfants, lorsqu'ils étaient petits, tenaient des propos racistes sur leurs camarades, je leur montrais les photos de ma sœur noire dont j'étais si fière…

J'avais bien senti la blessure qu'avait représentée pour toute la famille B. l'adoption inaboutie de Christiane, et je m'envolai vers le Cameroun, avec la certitude bien ancrée que j'allais découvrir la clé de l'histoire dans la misère d'un bidonville de Douala ou de Yaoundé… Je n'allais pas tarder à me rendre compte que je m'étais trompée du tout au tout !

Pour l'heure, je suis dans l'avion, assise à côté d'un Camerounais qui rentre chez lui. Il se présente : « André-Marie Tala. Noir, aveugle et chanteur. » Je lui rétorque : « Comme Stevie Wonder, alors ? » et le courant amical passe aussitôt entre nous. Je lui explique ce que je vais faire dans son pays, et il me promet de me prêter main forte pour retrouver Christiane.

À l'atterrissage, il me propose de partager la voiture qui l'attend – une limousine climatisée ! – et m'invite à venir assister à un concert qu'il donne le soir même dans un grand restaurant. C'est là que je réalise, éberluée, qu'André-Marie Tala est un grand artiste, célèbre sur l'ensemble du continent africain ! À la fin du concert, tout le monde l'applaudit chaleureusement et il a un mot pour chaque personne qui l'approche. En me raccompagnant, il me glisse que ma voisine de table, à laquelle je n'ai pas prêté attention, n'était autre qu'une demi-sœur de Christiane ! Dès qu'il en saura plus, il me rappellera à mon hôtel.

De mon côté, malgré les mises en garde d'André-Marie Tala, je loue une voiture pour me rendre, seule, à Yaoundé, d'où a été posté le dernier courrier du père de Christiane aux B. Lancée sur une route sans fin, je me fais arrêter par deux policiers qui me demandent mes papiers. Ils me font clairement comprendre qu'un bakchich serait le bienvenu et moi, en réprimant le tremblement qui s'est emparé de tous mes membres, je leur glisse d'un air faussement détaché que je suis en vacances chez mon ami Tala… L'effet est immédiat et magique : les agents me restituent mon passeport en me souhaitant, tout sourire, un très bon séjour !

À Yaoundé, j'apprends que le père de Christiane, décédé depuis déjà quelques années, n'était pas dans le besoin puisqu'il possédait tous les cinémas de la ville ! Et je ne suis pas au bout de mes surprises…

Deux jours plus tard, André-Marie Tala passe me prendre à mon hôtel avec sa limousine, et m'emmène jusqu'à un carrefour très fréquenté.

Là, si je regardais bien sur le trottoir, je devais apercevoir une charmante jeune femme vêtue d'une robe à fleurs.

C'était Christiane.

L'élégante jeune femme de trente-deux ans m'apprend alors que, vivant en France, elle se trouve exceptionnellement à Douala pour l'enterrement de sa mère ! Me voyant abasourdie, elle accepte de dérouler pour André-Marie et moi le fil de son histoire…

Ses parents viennent de l'ouest du pays, d'où sont originaires les Bamilékés qui détiennent aujourd'hui la quasi-totalité des commerces et entreprises de Douala. Lorsque son père, Samuel K., épouse sa mère, Pauline, il est déjà à la tête d'une solide fortune. Mais quand celle-ci apprend, quelques mois plus tard, que Samuel a déjà sept enfants d'une autre union, et qu'elle est sa troisième épouse, elle, la fille d'agriculteurs, se rebiffe : elle cache sa grossesse et décide que, lorsqu'elle accouchera de Christiane, elle la déclarera « de père inconnu ». Cet acte de résistance à la tradition ancestrale servira bientôt d'exemple à toutes les femmes du pays.

— Dans la société africaine, l'homme est dominant, m'explique Christiane. Il choisit ses épouses, exerce une profession, éduque les enfants. Ma mère a été la première femme, dans les années 1960, à briser ce schéma. Elle a prouvé qu'une femme aussi pouvait prendre le pouvoir, refuser un mariage, avoir le choix, un métier et élever seule son enfant si bon lui semblait. Ici, on l'a surnommée « Thatcher » ! Par la suite, elle s'est lancée dans la politique et a créé plusieurs ONG pour défendre les droits des femmes et des plus démunis.

Christiane a mis longtemps à comprendre que, si sa mère voulait à toute force qu'elle grandisse dans l'Hexagone, au sein d'une famille française, ce n'était pas pour se débarrasser d'elle, mais pour lui assurer un avenir meilleur.

— C'est difficile à comprendre pour les étrangers, mais en Afrique, lorsqu'un enfant naît, il n'appartient pas à ses géniteurs. Il est souvent confié aux soins de ceux qui, dans la famille ou les relations proches, ont les moyens les plus conséquents, précise Christiane.

Bien que son père, au terme d'une longue bataille juridique, ait obtenu la reconnaissance de sa fille, Christiane n'est jamais revenue au Cameroun. Après les B., elle a été accueillie par une autre famille, puis par un de ses oncles. Quand son père est mort, à Genève, il était à la tête d'une des plus grosses entreprises et de cinq salles de cinéma de Douala. Face aux pressions exercées par les enfants issus de ses précédentes unions, elle a préféré renoncer à sa part d'héritage.

D'un premier mariage qui s'est soldé par un divorce, elle a un petit garçon de huit ans.

Elle vit avec lui à Châtenay-Malabry, où elle tient un commerce de bijouterie-maroquinerie. Avec son nouveau compagnon, camerounais comme elle, elle envisage de partir s'installer à Douala pour y reprendre l'agence de voyages ouverte par sa mère. Avec une vie si chargée, aura-t-elle le temps de faire un saut en Alsace pour les retrouvailles avec sa sœur de cœur ?

— Plutôt deux fois qu'une ! Marie-Chantal me manque depuis vingt et un ans ! J'adorais les B. : *maman* faisait la cuisine avec des tabliers brodés, et *papa* était si gentil… Je ne les ai jamais oubliés.

NOTRE BELLE PLANÈTE

En vingt-cinq ans de recherches, j'en ai parcouru des kilomètres, traversé des frontières, survolé des mers, utilisé des moyens de transport, baragouiné des langues étrangères !

Dans combien de pays suis-je allée ? Impossible à dire : au fur et à mesure de leur péremption, j'ai dû restituer les passeports qui m'auraient permis de recenser mes voyages, de l'Italie à l'Espagne, en passant par la Roumanie, le Portugal, l'Allemagne, le Cameroun, l'Angleterre, Hong-Kong, les États-Unis ou encore le Brésil.

J'ai également sillonné la France, des grandes agglomérations aux plus petits villages. J'ai dormi dans des Formule 1 plus souvent que dans des palaces, mangé dans des relais routiers plus régulièrement que dans des restaurants gastronomiques. Pas le temps pour les monuments ni pour les musées, pas le temps pour les promenades ni pour le shopping. Je cours à la recherche des sources d'information, je compulse des montagnes de registres d'état civil, je vérifie sur place d'innombrables adresses, j'interroge une foule de personnes. Finalement, des pays et des villes côtoyés, j'aurai surtout vu l'intérieur, le dedans, en partageant avec de « vrais gens » l'intimité la plus forte qui soit, celle des sentiments.

Quant à savoir combien de retrouvailles j'ai organisées, combien de familles j'ai reconstituées, combien d'heureux j'ai faits… Quand on aime, c'est bien connu, on ne compte pas !

Le sens
de la famille

« Un père idéal »

Nous sommes à Cenon, dans l'agglomération bordelaise. À soixante-dix ans, Alain a fait appel à moi pour que je l'aide à retrouver la trace de son père qu'il n'a jamais connu :

— Maintenant que j'avance en âge, j'ai l'impression que j'ai une partie manquante de moi-même, m'explique-t-il de son accent chantant.

Ce n'est pourtant pas hier que lui a été révélé le secret de sa naissance : il a vingt ans lorsque sa mère (ou plutôt celle qu'il croit être sa mère), lui apprend, à sa stupéfaction, lors d'un déjeuner de famille, que ses parents sont en fait ses grands-parents, et que sa prétendue sœur est, en fait, sa mère !

Il est le fruit de l'histoire d'amour qu'encore mineure elle a vécue avec André, le voisin d'en face.

— Ça se passait pendant la guerre, en 1942. À l'époque, c'était tabou qu'une femme ait un enfant sans être mariée. Alors, mes grands-parents ont dissimulé sa grossesse et, pour lui donner une chance de faire sa vie, ont pris la décision de m'élever comme si j'étais leur propre fils.

La mère d'Alain ne tarde pas à convoler et part s'installer dans un village des environs. Quand Alain connaîtra le secret qui pèse sur sa famille, elle n'aura pas même une photo à lui montrer de son père. Comment expliquer qu'André ne se soit pas inquiété de lui après la guerre ?

Alain n'en veut ni à sa mère ni à ses grands-parents du choix qu'ils ont fait de le priver de la présence de son père pendant toutes ces années. Mais parvenu à l'automne de sa vie, il estime qu'il est en droit de savoir qui est cet homme et pourquoi il n'a pas cherché à le revoir.

— Je suis prêt à assumer une rencontre, si rencontre il y a. Et si j'apprends qu'il a son nom sur un monument aux morts, eh bien, j'irai y déposer des fleurs !

Munie des deux seuls éléments que m'a fournis Alain (un nom de famille très répandu dans la région, dont on ignore la graphie exacte, B., et une adresse qui date des années 1940), je me lance sur les traces du mystérieux André. À l'adresse indiquée, rue de la Liberté à Cenon, la maison qui fut celle de sa famille n'existe plus et personne, dans le voisinage, ne peut témoigner d'un passé si ancien. L'espace d'un instant, je me prends à espérer que les B., dont le nom figure sur une des boîtes aux lettres, aient un lien de parenté avec André, mais ce n'est hélas pas le cas.

J'attaque aussitôt sur un autre front : les archives municipales de Cenon. André étant vraisemblablement né dans les années 1920, je consulte les listes de recensement de population d'avant-guerre, et *eurêka* ! Il y figure, avec ses parents, Pierre et Marie, à l'adresse du 2, rue de la Liberté. Comme il est originaire de Bordeaux, je n'ai plus qu'à vérifier les mentions figurant sur son acte de naissance. Hélas, j'apprends qu'il est décédé en 2001, à quatre-vingts ans. Comment vais-je l'annoncer à Alain ?

De retour à Paris, mes collaborateurs et moi nous appliquons à reconstituer la trajectoire de cet homme, pour avoir autre chose à offrir à son fils qu'un numéro de caveau. Après la perte de son épouse, André s'était installé à Perpignan. Il n'avait ni enfant, ni famille proche et avait pour seule compagnie Claudie, la femme de ménage de son immeuble, un peu auxiliaire de vie à ses heures. Elle se montre toute disposée à rencontrer Alain et à lui parler de son père.

Rendez-vous est pris à Perpignan, où Alain me rejoint sans trop savoir pourquoi, sans trop oser me poser de questions non plus… Il s'est mis sur son trente et un, a fait tailler sa chevelure et sa barbe blanche. À sa mise, je comprends qu'il a anticipé une rencontre avec son père. Mon cœur se serre de n'avoir que de la déception à lui procurer. Claudie est là aussi, intimidée et souriante. Je la présente à Alain comme la dernière personne à avoir veillé sur André sur la fin de sa vie.

Alain accuse le choc :

— J'espérais le voir aujourd'hui, bien sûr. On espère toujours…

Je redoute toujours d'avoir à annoncer le décès d'une personne que je retrouve et m'efforce de compenser cette rude nouvelle en poursuivant mes investigations jusqu'à retrouver des « vivants ». Aussi entraîné-je Alain sur les chemins de la vie de son géniteur, parmi des proches qui l'ont bien connu et apprécié.

— André était un homme sympathique, chaleureux, serviable, se souvient Claudie. Il se levait toujours très tôt et quand j'arrivais, vers sept heures, je lui montais son pain et on bavardait un peu…

— C'est incroyable ! s'exclame Alain. Moi aussi je suis très matinal…

— Il me racontait que quand il n'arrivait pas à dormir, la nuit, il regardait les étoiles, il leur parlait… J'ai été surprise d'apprendre votre existence, car il ne m'a jamais parlé de vous…

L'histoire s'écrit à son rythme. Le portrait de cet homme se dessine avec plus de précision :

ce père qui a disparu de la vie de sa jeune voisine, qui ne s'est jamais manifesté, ignorait tout simplement qu'il lui avait fait un enfant.

Dans le taxi qui nous mène au cimetière de l'Est, où est enterré André, je démêle avec Alain les dernières interrogations en suspens. Contrairement à ce qu'il a toujours cru, André n'a pas quitté la ville après sa conception. Il vivait encore à Cenon en 1947, puisqu'il s'y est marié. Et le plus troublant reste que sa jeune épouse était elle-même fille-mère d'un garçon qu'André a adopté ! En rendant visite à ses parents, rue de la Liberté, André était loin de se douter que ce petit garçon qui jouait dans le jardin d'en face était son propre fils ! Sans compter que ses parents, Pierre et Marie B., élevaient, en plus de leurs cinq enfants biologiques, des pupilles de l'Assistance publique et ne l'auraient jamais laissé s'ils avaient su son existence.

La gardienne du cimetière nous attend pour nous guider. Alain lui lance fièrement, en brandissant le beau bouquet de fleurs blanches que nous avons acheté en route :

— Je vais voir mon père !

Nous parcourons les allées jusqu'à parvenir à une sorte de terrain vague tenu à l'abri des regards par de hauts monuments funéraires : c'est le carré commun, où finissent les indigents, les laissés-pour-compte et où est enterré André.

Des croix plantées de travers, des tombes qui n'ont pas de nom…

— C'est le vide total, c'est l'anéantissement d'une vie, d'une histoire, observe Alain, peiné.

Rangée 8, tombe 4. Avec l'aide de la gardienne, nous tentons de trouver, dans ce dédale de misère, la dernière demeure d'André, et c'est son fils qui finit par l'apercevoir. Pas tout à fait à l'abandon, grâce aux visites de Claudie.

— Enfin, André B., te voilà ! Bon, si tu le permets, je vais t'appeler « papa ». Tiens, papa, je t'offre ces fleurs…

Alain se recueille un long moment, avant que je lui propose d'aller retrouver un « vivant » justement. J'ai retrouvé quelques jours plus tôt, en région bordelaise, un de ses cousins germains. Pierrot, lui aussi septuagénaire, a conservé quelques photos d'André dans ses jeunes années.

Pierrot et son épouse reçoivent à bras ouverts ce nouveau membre de leur famille dont ils ignoraient l'existence, lui trouvant une ressemblance certaine avec son père. Alain ne peut détacher son regard des photos qu'ils lui présentent :

— Il est jovial. Il a un visage très doux, je trouve. Il m'a l'air d'un père idéal !

Alain et Pierrot plaisantent, se cherchent des points communs, s'étendent sur des anecdotes du passé. Quand je prends congé pour les laisser déjeuner en famille, je sais ma mission accomplie.

— J'ai enfin pu mettre un visage sur le nom de mon père et combler la partie manquante de moi-même… J'ai l'impression, tout simplement, de me reconstruire en entier.

L'ÉTIQUETTE « FILLE-MÈRE »

L'expression, qui s'écrit avec ou sans trait d'union, daterait, selon le *Dictionnaire historique de la langue française*, de 1797, et s'emploie pour désigner une femme ayant eu un enfant hors mariage. Le dictionnaire Larousse juge aujourd'hui le terme « vieux et péjoratif » et propose son équivalent moderne, dépassionné, « mère célibataire ».

En effet, l'étiquette sous-tendait mépris et rejet social. On a du mal à l'imaginer aujourd'hui, mais, aux siècles précédents, hors mariage point de salut ! Un enfant né dans ces circonstances constituait une marque d'infamie condamnant sans appel celle qui en était l'objet. Si elle provenait d'un milieu modeste, se retrouvait femme de chambre, cuisinière ou ouvrière, « engrossée par les œuvres » du fils de famille, comme on disait alors, ou bernée par un beau parleur lui ayant promis le mariage tant convoité, elle était renvoyée de sa place ou jetée à la rue par sa famille qui reniait la « fille perdue ». Quand elle n'accouchait pas seule, en cachette, au péril de sa vie, elle le faisait à l'hôpital où, souvent, elle laissait son enfant.

Si elle appartenait à un rang social élevé, la grossesse et l'accouchement avaient lieu dans le plus grand secret, et l'enfant était escamoté pour ne pas faire obstacle à ce que sa mère, décrochant un beau parti, se marie et ait des enfants légitimes. Pierre Larousse rappelle dans son *Grand dictionnaire universel*, en 1874, que pour « prévenir la débauche », des peines légales étaient infligées aux femmes qui ne déclaraient pas leur grossesse. Et il rend hommage à la période révolutionnaire où la Convention adopta un décret qui allait à l'opposé de toutes les mesures répressives prises à l'encontre des filles-mères : « Toute fille qui, pendant dix ans, soutiendra avec le fruit de son travail son enfant illégitime, aura droit à une récompense publique. »

Chère Patricia,

Je n'arrête pas de penser à cette hypothèse que nous avons faite sur Odette. Nous étions parties sur l'idée d'une fille-mère à identifier, et nous voilà avec un couple légitime qui a déjà une petite fille ! Je ne sais pas ce qu'il faut en penser…

D'autant qu'un détail manquant m'intrigue : comment expliquer que Gabrielle, si elle a été confiée peu après sa naissance aux Seray, ne figure pas comme « pensionnaire » dans les recensements de 1906 et 1911 ? Les Seray auraient-ils caché sa présence lors des recensements ? Ce serait étonnant : un recensement est en général assez complet et il tient compte de toutes les personnes demeurant dans une maison, y compris les domestiques ou locataires hébergés.

Gabrielle était-elle alors avec sa mère biologique ? C'est peu probable. On ne laisse pas un enfant abandonné déclaré sous une autre identité à sa mère biologique, cela n'aurait pas de sens… sauf si elle l'avait reconnu, et ce n'est pas le cas.

Alors, faut-il admettre – deux fois de suite ! – une erreur de transcription ?

Vous voyez, Patricia, que je me perds en conjectures au sujet de votre grand-mère Gabrielle, et que j'ai aussi hâte que votre père et vous d'en savoir davantage…

Je vous embrasse,
Nelly

« J'ai souvent eu envie de me manifester »

L'histoire de Mélissa, subtil mélange d'une Continentale et d'un Corse, a commencé dans le cadre enchanteur de l'île de Beauté.

C'est en effet lors de vacances à Ajaccio que, trente ans plus tôt, Véronique, sa maman, a rencontré José. Leur histoire d'amour dure le temps d'un été et, de retour à Paris, Véronique le prévient qu'elle est enceinte. Elle assume seule cette grossesse et refait bientôt sa vie.

— Je me suis toujours demandé qui était ce père qui avait disparu après m'avoir donné la vie. Comme mon enfance n'a pas été heureuse avec celui qui m'a élevée, je pressais ma mère de questions, mais elle se terrait dans le silence.

De cet homme grand et mince comme elle, dont elle ne possède qu'une photo floue, prise de loin, sur une plage, Mélissa connaît seulement le prénom et, croit-elle, le son de la voix. Elle en est persuadée, cet appel téléphonique qu'elle a reçu l'année de ses seize ans, c'était son père. Avec un accent corse, il avait demandé à parler à Véronique, mais elle n'était pas là et il avait raccroché.

Mélissa ne s'est jamais remise ni de ce rendez-vous manqué, ni de l'absence de son géniteur. Jeune adulte, elle tombe gravement malade et, se pensant condamnée, supplie sa mère de briser l'omerta. Véronique consent à lui lire une lettre d'amour de José qu'elle avait conservée et à lui remettre l'enveloppe portant ses coordonnées.

Munie de la précieuse adresse, je m'envole pour Ajaccio. Dans la résidence où il habitait alors, je localise le bâtiment 8 et parcours les noms inscrits sur les boîtes aux lettres avec l'espoir de voir le sien : Ottavi, Gambarelli, Bernardi, Versini et *tutti quanti*, mais pas de Pasqualini ! Par chance, une habitante de l'immeuble, installée depuis peu, m'indique le nom d'une voisine qui, dans les murs de longue date, pourra me renseigner.

Effectivement, celle-ci identifie aussitôt José sur l'unique photo que m'a confiée Mélissa, et m'assure qu'il demeure à présent à Porto-Vecchio, où l'a muté l'hôpital d'Ajaccio pour lequel il travaille.

Même si cette charmante voisine paraît sincère et sûre de ses informations, je prends le temps de me les faire confirmer auprès du centre hospitalier qui, cerise sur le gâteau, me fournit par la même occasion l'adresse précise de José !

Certaine de toucher bientôt au but, je me rends d'une traite de l'autre côté de l'île, mais une fois sur place, les choses se compliquent. Mon GPS m'indique que je suis arrivée, alors que je me trouve en pleine pampa. Il y a bien quelques maisons çà et là, disséminées sur des chemins de terre, mais les voisins que j'interroge ne connaissent pas mon disparu. Je m'étonne, en désespoir de cause le décris : un agent hospitalier, plutôt grand, mince… Soudain, le visage de mes interlocuteurs s'illumine.

— Ah ! C'est *José-le-long* que vous cherchez !

— Euh… *José-le-long* ?

— Oui, on l'appelle comme ça parce qu'il est très grand !

On m'indique la direction de sa maison, et c'est une femme qui m'ouvre la porte. Elle se présente comme sa compagne et, sans me poser de questions, propose de m'accompagner jusqu'au terrain de boules de Porto-Vecchio où il est en train de disputer le championnat régional.

De loin, j'identifie aussitôt le père de Mélissa parmi la foule des joueurs. Il a conservé un physique de jeune premier. Je me lance à sa rencontre et lui annonce le motif de ma venue. Ému, il peine à trouver les mots. Il se souvient d'avoir cherché à reprendre contact avec Véronique et d'être tombé, au téléphone, sur une jeune fille dont il s'est toujours figuré qu'elle devait être sa fille… Mais il la savait élevée par un autre homme et ne voulait pas perturber son équilibre.

— Je me suis bien douté que c'était elle, au bout du fil, balbutie-t-il. Mais qu'est-ce que je pouvais lui dire ? J'ai souvent eu envie de me manifester, mais je n'osais pas entrer dans sa vie…

De retour à Paris, j'ai donné rendez-vous à Mélissa dans un parc pour lui faire part de mon périple en Corse. Elle ne sait pas encore que j'ai retrouvé son père et encore moins qu'il lui a fait la surprise de venir la rencontrer. Aussi manque-t-elle de tressaillir lorsqu'elle réalise que l'homme qui nous observe sur le banc voisin n'est autre que lui !

Passé le premier instant où l'émotion les submerge, le père et la fille s'accordent spontanément l'un à l'autre et leur complicité ne fait déjà plus aucun doute.

— Il y a juste un petit souci, plaisante José lorsque j'interromps leur duo pour prendre congé d'eux, elle est vraiment trop bavarde !

Mélissa rit de bon cœur et reconnaît :

— On a encore trente ans devant nous pour discuter ! C'est énorme de se dire qu'on a complété sa famille et qu'on a un nouvel avenir qui s'ouvre à nous.

Aux dernières nouvelles, Mélissa est partie s'installer dans le sud de la France pour se rapprocher de son père et rattraper ces longues années pendant lesquelles il lui a tant manqué.

RETROUVAILLES, MODE D'EMPLOI

C'est LE moment que tous attendaient. Tous sans exception car le « retrouvé » lui-même, qui n'y était pas préparé, espérait secrètement ce jour sans s'imaginer qu'il arriverait.

Les premiers mots, comme les premiers gestes, maladroits et entremêlés de larmes, évoquent quasiment toujours, dans l'ordre, la surprise (« Je ne pensais pas que ce jour viendrait... »), puis la culpabilité (« Moi aussi je t'ai cherché(e)... ») et pour finir la culpabilisation (« Mais pourquoi est-ce que tu ne m'as pas recherché(e) plus tôt ? »). Un mélange confus de bons sentiments et de mauvaise foi qui ne facilitera pas les explications le moment venu ! Il faudra laisser du temps au temps, faire preuve de beaucoup d'amour, d'abnégation et de sagesse pour s'apaiser, se pardonner et parvenir à construire ou reconstruire une relation.

Parfois, les retrouvailles n'auront jamais lieu, ou bien elles laisseront un goût amer, parce qu'elles n'étaient pas motivées par

de saines intentions, que le désir de l'un n'était pas en adéquation avec le souvenir de l'autre ou que l'attente, l'idéalisation de l'être absent ne pouvaient qu'engendrer de la déception.
Mais dans tous les cas, le mot de la fin rime avec « enfin ! » Enfin je sais, enfin je peux aller de l'avant, construire une famille, enfin je peux me construire, tout simplement.

« *Nana !* »

La première chose que Séverine ait faite, dès son installation en France il y a tout juste quatre mois, a été de se lancer à la recherche de David, ce demi-frère qu'elle n'a jamais connu.

À trente-deux ans, cette gracieuse Tahitienne est l'aînée de la famille, dont les sœurs sont restées en Polynésie auprès de leur maman, Marie-Ange. Il y a quarante et un ans, d'une histoire sans lendemain, cette dernière a eu ce petit garçon, qu'elle a reconnu et élevé un temps dans le giron de sa famille, à Briançon. C'est là que l'amour vint un jour la cueillir, sous les traits d'un beau Tahitien qui la convainc de le suivre sur son île. Toute à son bonheur, Marie-Ange confie alors son fils, David, à ses parents, promettant de revenir le chercher une fois installée. Elle ne parviendra jamais à le reprendre.

— Ma mère m'a raconté que ses parents lui ont adressé des papiers d'abandon. Elle a signé, sans bien se rendre compte de ce que cela impliquait. Et elle a su qu'il avait été adopté à sept ans.

Les dernières photos que Marie-Ange ait en sa possession datent de cette époque. Et les quatre filles qu'elle a eues en Polynésie ont grandi parmi les photographies de ce demi-frère lointain et inconnu trônant sur sa table de nuit.

La ville de Briançon étant la seule piste prometteuse dont je dispose, je mets le cap sur les Hautes-Alpes. C'est là que vivaient les parents de Marie-Ange, tous deux décédés ; là aussi que David venait leur rendre visite régulièrement après son adoption. Mais à leur ancienne adresse, nulle âme qui vive. Je poursuis ma route vers Albertville où, par le biais de l'annuaire, j'ai retrouvé la trace de Jean-Paul, le frère de Marie-Ange, qui, à l'époque, avait fait bloc avec ses parents pour condamner sa sœur trop fantasque.

Dans un décor de carton-pâte, où les chalets se ressemblent tous, je finis par trouver ma destination. Depuis la fenêtre de sa chambre, une femme me lance que Jean-Paul est décédé trois jours plus tôt. La veuve m'apprend cependant que David aurait été adopté par une famille lyonnaise, dont elle m'épelle le nom.

Dans l'annuaire, les homonymes se bousculent et aucun de ceux que je contacte ne connaît le frère de Séverine. Grâce soit rendue aux nouveaux moyens de communication qui me tirent de ce cul-de-sac : en tapant tout bêtement son nom sur Internet, je tombe sur le profil d'un jeune homme né la même année que lui, bibliothécaire dans la banlieue de Lyon.

Sur son lieu de travail, où je me présente dès le lendemain après-midi, on m'informe qu'il est de permanence à la discothèque, à l'étage. Je le convaincs de faire une petite pause-cigarette en ma compagnie et lui révèle le motif de ma visite.

Le jeune homme vêtu de noir coule un regard gêné dans ma direction, sous la visière de sa casquette, avale sa salive et esquisse un pâle sourire :

— Cela fait partie d'un pan de ma vie... Je ne pensais pas qu'il allait ressurgir... Il n'y a pas si longtemps que j'ai commencé à me dire que cela avait dû être une énorme blessure pour ma mère, que c'en était peut-être encore une tant d'années après...

Quand je lui propose de rencontrer Séverine, il exulte : « Allons-y ! », comme quelqu'un qui se résoudrait à faire un grand plongeon. Le fait que ce soit sa demi-sœur qui ait rétabli le contact plutôt que sa mère rend sans doute les choses plus simples du côté de David, vis-à-vis de lui-même comme de ses parents adoptifs...

C'est au bord de la Méditerranée, à Toulon, que j'organise leurs retrouvailles quelques jours plus tard.

— Te retrouver, David, c'est le plus beau cadeau que je puisse faire à maman ! Tiens, tu as les yeux bleus, comme elle ! Aucune des quatre filles n'a ses yeux, toi, oui !

Tout en lui parlant, Séverine a pris ses mains dans les siennes, et n'en finit pas de les caresser, comme une maman cajolerait son enfant. David se laisse faire même si on sent bien qu'il n'est pas habitué aux effusions de tendresse.

En prélude aux retrouvailles tahitiennes, je suggère à David d'établir un premier contact par Skype avec sa mère. Le soleil se couche sur la Méditerranée et, avec le décalage horaire, se lève au même moment sur le Pacifique. Marie-Ange, prévenue depuis la veille, est au rendez-vous.

— Il ne faut pas que les choses s'arrêtent là, conclut-elle, sentant bien que la communication par écrans interposés rend le contact fragile. Il faut qu'on continue à se parler, il faut qu'on se voie…

— C'est une chose faisable, plaisante David, qui peine à raccrocher et ne se lasse pas de répéter le premier mot tahitien qu'il vient d'apprendre : « *Nana !* » (« Au revoir ! » en tahitien). Il y a sans doute encore beaucoup de choses que j'ignore. Mais je tiens à ce que tu saches que j'ai surmonté ce qui s'est passé et que j'ai fait ma vie… Je trouverais démesuré que, de ton côté, tu aies porté toute ta vie ce poids et qu'il ne te quitte pas.

LA CHANSON DU DISPARU VOLONTAIRE

« C'est moi, c'est l'Italien
Est-ce qu'il y a quelqu'un ?
Est-ce qu'il y a quelqu'une ?
D'ici j'entends le chien
Et si tu n'es pas morte
Ouvre-moi sans rancune.
Je rentre un peu tard, je sais
Dix-huit ans de retard, c'est vrai
Mais j'ai trouvé mes allumettes
Dans une rue du Massachusetts… »

(*L'Italien*, Serge Reggiani, 1971,
paroles de Jean-Loup Dabadie)

Chère Patricia,

Toujours pas de réponse de la mairie !

Comme je trouve le temps long, pour patienter, je me suis penchée sur la législation en vigueur au début du vingtième siècle en cas d'abandon d'enfant, et j'ai trouvé ceci :

« La loi des 27-28 juin 1904 stipule que les abandons d'enfants se font désormais à bureau ouvert. Les mères présentent leurs enfants dans un local ouvert le jour et la nuit, sans autre témoin que la personne préposée aux admissions de l'hospice. Cette loi renforce aussi le principe d'une période de "dépôt", donnant un mois à la mère pour revenir sur sa décision. »

À l'issue de ce laps de temps, l'hospice va déclarer l'enfant à l'Assistance publique comme « enfant abandonné », et il sera placé en nourrice ou en famille d'accueil.

Vous me dites que, comme vous l'avez déjà vérifié par vous-même, le conseil général ne détient aucun document concernant Gabrielle. C'est incompréhensible, car la personne qui prenait en charge l'enfant recevait une rémunération. Résumons : la sage-femme a présenté elle-même l'enfant à l'officier de la mairie de Rochefort. Et après ? Le garder aurait constitué une infraction à la loi. Elle l'a donc sans doute conduite à l'hospice civil Saint-Charles, qui s'est chargé ensuite de la faire enregistrer comme pupille de l'État. Il y a forcément eu un enregistrement et un procès-verbal d'abandon…

Je crois qu'il faut encore chercher auprès des archives départementales de La Rochelle, qui détiennent les registres de l'Assistance publique et les archives hospitalières civiles de Rochefort. Je n'en démords pas !

Je vous embrasse,
Nelly

« Des enfants, ça compte dans une vie ! »

Les premières années de la vie d'Alice, qui vient de fêter ses soixante-sept printemps, ont été marquées par un double abandon.

Ses parents, Emilio et Marie-Louise, tous deux d'origine espagnole, se sont rencontrés et mariés en Algérie. Ils donnent le jour à deux enfants, elle et son frère aîné, Luis, avant de divorcer en 1952. Emilio part sans se retourner sur sa progéniture, qu'il laisse aux bons soins de leur mère, sans imaginer qu'elle les abandonnera aussitôt pour refaire sa vie. Alice et Luis traverseront l'enfance puis l'adolescence ballottés de pensions en internats.

— Je n'ai même pas une photo de mon père. Jamais il n'a cherché à nous revoir, jamais il ne nous a donné de ses nouvelles… Tout de même, des enfants, ça compte dans une vie ! On ne peut pas les rayer d'un trait !

De lui, elle ne connaît que la date et le lieu de naissance… Et une rumeur familiale : son grand-père paternel aurait été gouverneur général de Malaga, avant de mourir fusillé.

Si ce second élément ne relève pas de la fiction, les annales de l'histoire espagnole ont dû en conserver quelque trace. En tapant le nom de l'aïeul sur Internet, j'obtiens la confirmation, grâce aux travaux de Pedro Paya Lopez, professeur d'histoire contemporaine à l'université d'Alicante, que Luis Arraez Martinez a bien occupé ces fonctions sous le gouvernement de Largo Caballero, en 1936, durant trois mois seulement. Lorsque la guerre civile éclate, il envoie sa femme et son fils Emilio à Oran et s'apprête lui-même à les rejoindre quand il est arrêté, emprisonné, puis fusillé le 12 juillet 1940.

Emilio est donc bien le fils de cet homme au destin tragique, et sa présence en Algérie, où il rencontre Marie-Louise, ne fait plus mystère. Lorsqu'il a disparu après son divorce, Emilio est-il retourné à Elda, dans la province d'Alicante d'où il était originaire ?

Le seul moyen d'en avoir le cœur net est d'aller le vérifier sur place !

À l'état civil du *Juzgado*, qui joue en Espagne le rôle de nos mairies, j'apprends qu'Emilio Arraez Garcia s'est remarié à Elda en octobre 1960 avec Maria des R. N. E., mais aussi, qu'il y est mort le 13 mai 1985. À ma demande, l'employé m'informe que sa femme est aussi décédée, mais que un, deux, trois, quatre – je me demande où il va s'arrêter –, huit enfants sont nés de leur union !

Au *padrón* qui recense les habitants de la commune, on me confirme que deux des enfants sont répertoriés : Francisco A. N., parti depuis s'installer dans une ville voisine, Petrer, et Anna Maria A. N., qui, elle, vit toujours sur place, à quelques rues de là.

Je m'y rends aussitôt, et, à la recherche du numéro un, je sollicite l'aide d'une dame qui s'engouffre dans un immeuble. Ô sérendipité chérie ! Il s'agit d'Anna Maria A. N., en personne !

Elle reste abasourdie par la nouvelle que je lui apporte :

— Une sœur en France, vous plaisantez ? Je savais que mon père avait vécu hors d'Espagne et qu'il avait été marié une première fois… Mais que des enfants soient nés de cette union en Algérie, je l'ignorais, nous l'ignorions tous !

Je sens qu'elle a besoin d'un peu de temps pour accuser le choc, et nous convenons de nous retrouver le surlendemain. D'ici là, elle aura réuni tous ses frères et sœurs et je pourrai leur donner les détails de cette incroyable histoire.

La fratrie m'accueille au grand complet. Anna Maria, chaleureuse, m'ouvre les albums de famille, mais ses frères et sœurs restent muets, sur la défensive. Je déroule à nouveau à leur intention le récit de l'enfance d'Alice, le divorce de ses parents alors qu'elle n'a que six mois et son frère trois ans, le départ subit d'Emilio, le remariage de Marie-Louise avec un homme qui refuse de prendre en charge les deux enfants… Et pour ne pas les laisser sur une note aussi sombre, je leur précise qu'Alice, malgré ce départ difficile, s'en est très bien sortie et ne nourrit aucune rancœur contre leur père.

Les frères et sœurs fondent en larmes et avouent qu'ils ont eu quelquefois l'impression de se heurter à quelque chose de non-dit. Emilio, très malade sur la fin de sa vie, a emporté son secret dans sa tombe. Il n'avait peut-être même jamais révélé ce pan de son passé à leur mère.

Je reviens vers Alice, dans le sud de la France, chargée de photographies de son père qu'elle n'a jamais vu et d'une vidéo d'Anna Maria, qui a tenu à lui adresser un message :

— Alice, je suis désolée que tes parents t'aient abandonnée, autant mon père, notre père, que ta mère… Ça a dû être très dur pour toi et pour ton frère. Mais sache que c'était un homme bien, qui nous a transmis des valeurs de travail et d'honnêteté. Il n'est plus là, mais en le cherchant, tu as trouvé huit frères et sœurs qui le sont pour toi à présent…

En regardant les photos, en repassant en boucle le message d'Anna Maria, Alice laisse libre cours à son émotion :

— Je vois que mon père a été bon avec sa deuxième famille, constate Alice. Qu'il nous ait tenus cachés, comme si nous n'avions jamais existé, nous, ses aînés, ça fait mal tout de même… Mais il y a une compensation : je suis ravie d'avoir découvert ces frères et sœurs espagnols. Le plus drôle – si j'ose « dire » –, c'est que ma mère, de son côté, a refait sa vie avec un Suisse qui lui a donné six enfants, ce qui nous fait, à mon frère et à moi qui avons grandi seuls, pas moins de quatorze frères et sœurs !

CES LOURDS SECRETS DE FAMILLE

Toutes les familles ont leurs secrets. Pour beaucoup d'entre elles, ce sont des « petits » secrets qui ne tirent pas à conséquence. Pour certaines, en revanche, il s'agit de secrets si lourds que, si leur contenu venait à être connu (enfants adultérins, unions antérieures, doubles vies, avortements, maladies physiques ou mentales…), il porterait atteinte à la belle image d'un aïeul ou d'un parent et risquerait de faire imploser la famille.

La loi du silence qui s'impose alors n'en finira pas de mener, souterrainement, son travail de sape. « Tout secret familial, quelles que soient les "excellentes" intentions qui le guident, est toujours ressenti comme une violence par un enfant. Une violence qu'il n'oubliera jamais et qui pèsera lourdement sur l'ensemble de sa vie psychique, et par contrecoup sur sa vie professionnelle, amoureuse et sociale », explique le psychiatre Serge Tisseron dans *Nos secrets de famille* (Ramsay, 2000).

« Le gorille et la princesse »

Avant de virer au cauchemar, la petite enfance de Claire ressemblait à un authentique conte de fées.

Ida est encore mineure – à l'époque, la majorité était à vingt et un ans – lorsqu'elle croise, à Paris, le chemin d'André. Il est beau, intelligent, plein d'humour, il revient d'Afrique, s'est engagé pour combattre en Indochine… Le cœur avide de romantisme de la jeune femme chavire ! Le séducteur lui avoue qu'il est marié, mais en instance de divorce. Commence une belle histoire d'amour, qui bâtit son nid à Lyon. André a trouvé un emploi dans la vente de voitures pour le compte d'une grande entreprise, qui permet au couple de vivre confortablement.

Quelques ombres commencent cependant à surgir çà et là sur ce tableau idyllique : André tourne en rond dans cette petite vie bien organisée. Son âme d'aventurier a soif de voyages et de liberté…

La naissance d'un adorable bébé vient à point nommé balayer tous ses doutes. Le papa reste béat d'admiration devant sa petite Claire et une grande connivence s'installe entre eux. Le trio retourne s'installer à Paris, où André retrouve le cercle de ses connaissances. Fou amoureux de sa fille, il la présente à tous et l'emmène partout où il va. C'est bien simple : on ne parle plus du couple André-Ida, mais du couple André-Claire !

— Peu à peu, on s'est construit un monde rien qu'à nous, se souvient Claire. Il me racontait des histoires, ses voyages. Il me faisait rire. Il mimait Zoumba le gorille et moi j'étais sa princesse ! On ne s'ennuyait jamais… Il adorait provoquer les gens et faire des canulars. Par exemple, quand on était dans le métro, il lisait très sérieusement son journal à l'envers, juste pour le plaisir de voir la tête des gens autour de lui. Il arrêtait les taxis et leur demandait : « Vous êtes libre ? », et quand le chauffeur acquiesçait, il claquait d'un grand coup la portière en lançant : « Bravo ! Vive la liberté ! » Au restaurant, il s'amusait à me parler en charabia pendant tout le repas pour faire croire au serveur qu'on était des Russes !

Exclue de leur complicité, Ida sombre peu à peu dans la mélancolie, et sa dépression nécessite bientôt un internement en hôpital psychiatrique. André retrouve sa liberté et ses vagabondages nocturnes. Il tombe sous le charme d'une jeune prostituée de vingt ans, Sophie. Le couple s'installe dans un appartement du 18e arrondissement, sans oublier la princesse Claire, dont Sophie s'occupe comme d'une petite sœur.

Mais à sa sortie de l'hôpital, Ida s'empresse de réclamer la garde de sa fille. Encore très fragile, elle multiplie les esclandres et les chantages auprès d'André, auquel elle ne pardonne pas d'avoir déjà refait sa vie avec une toute jeune femme. Elle va jusqu'à se prétendre atteinte d'un cancer pour capter toute l'attention de Claire.

À tout juste onze ans, profondément secouée par cette nouvelle, la fillette choisit de rester auprès de sa mère.

Mais son père ne tarde pas à lui manquer. Aussi, à l'insu d'Ida, elle va un beau jour frapper à la porte de l'appartement du 18e arrondissement. Elle tombe nez à nez sur Sophie, qui lui explique que son père, las de cette situation, a pris la poudre d'escampette. Longtemps, Claire espère son retour, relance Sophie, jusqu'à ce qu'elle trouve porte close. La concierge lui apprend que les locataires ont payé leurs dettes et quitté les lieux, en laissant tous leurs meubles.

De son côté, Ida a rencontré un homme avec lequel elle envisage de refaire sa vie, en commençant par quitter la chambre d'hôtel sordide qu'elle partage avec sa fille. Ce qu'elle fait, sans laisser d'adresse ni en avertir cette dernière.

À treize ans, abandonnée par ses deux parents, la jeune fille se retrouve à la rue avant d'atterrir dans un foyer.

Elle se marie l'année de ses dix-huit ans et donne bientôt naissance à un petit garçon. La tendresse et les soins dont son mari entoure leur bébé lui remémorent douloureusement son père, André, qu'elle ne peut se résoudre à ne plus jamais revoir. Mais les recherches qu'elle entame pour le retrouver n'aboutissent pas. Tout au plus apprend-elle, en demandant son acte de naissance à la mairie du 14e arrondissement de Paris, qu'il n'est pas décédé et que le divorce qu'il envisageait au moment où il a rencontré Ida a été prononcé il y a déjà de longues années.

Anciens collègues d'André, Trésor public, service préfectoral des permis de conduire, Amicale des anciens combattants d'Indochine : Claire frappe à toutes les portes possibles et imaginables pour retrouver son père. C'est finalement le Minitel – que les jeunes générations n'ont pas connu ! – qui lui livrera une adresse et un numéro de téléphone dans la région parisienne.

Quand elle raccroche, Claire s'effondre : les années ont passé, mais n'ont rien effacé. Et lorsqu'ils se retrouvent, rapidement après, quelques simagrées suffisent à Zoumba pour rendre le sourire à sa princesse.

Chère Patricia,

J'ai des scrupules à vous accabler de mes mails ! Je suis très prolixe en commentaires, mais en même temps, je ne sais pas faire autrement ! J'aime rentrer dans le détail des choses, j'ai toujours été comme cela, je ne sais pas si c'est une qualité ou un défaut…

Si j'ai un peu de vague à l'âme aujourd'hui, c'est que je n'ai pas reçu de réponse de la mairie de Rochefort. Et je me dis déjà que, les archives que l'on peut consulter en ligne s'arrêtant en 1902 inclus, il faudra encore solliciter la même mairie de Rochefort pour savoir si le couple Abel Girere et Marie-Madelaine Betesta a eu d'autres enfants. S'il y en a eu d'autres, en fonction de leur date de naissance, on sera peut-être obligées de déduire qu'il y a peu de chance pour qu'Odette soit la sœur de Gabrielle…

Pour l'instant, je vous embrasse,
Nelly

« Son absence fait partie de moi »

Quatre ans et sept mois : c'est le temps record qu'il m'a fallu pour retrouver Ginette, que son fils Patrick recherchait depuis quarante-deux ans. Autant dire qu'il s'agit de la plus longue enquête que j'ai eu à mener ! Je travaillais alors pour l'émission *Perdu de vue*. Dans la première lettre qu'il nous adressait, Patrick lançait son appel au secours :

— J'ai fait des recherches par moi-même, mais cela n'a rien donné. À la longue, je me désespère…

Et il nous livrait le peu d'éléments qu'il avait en sa possession : ses parents l'avaient tous deux reconnu à sa naissance et élevé jusqu'à ses deux ans et demi. Puis, pour une raison qu'il ignore, ils avaient tous deux subitement disparu et l'Assistance publique l'avait confié à l'âge de quatre ans à une famille des Landes. Pendant quelque temps, sa mère avait pris de ses nouvelles par courrier, avant de cesser de donner signe de vie. Que lui était-il arrivé ? Était-elle toujours vivante ?

L'examen des actes d'état civil apporte bientôt des certitudes à Patrick : ses parents séparés n'ont jamais divorcé, son père est décédé, mais sa mère, âgée aujourd'hui de soixante-sept ans, est bien vivante.

Son histoire commence le 25 décembre 1951, à Paris, où il voit le jour. Un cadeau de Noël qui fait la joie d'Édouard et de Ginette L. B., mariés depuis trois ans. Mais Ginette n'aime pas Édouard, qu'elle a épousé pour échapper à l'emprise de sa mère, et le couple se disloque au bout de quelques mois. Ginette vit d'expédients en attendant de gagner sa vie avec son diplôme d'aide-soignante, obtenu au prix d'un dur labeur. Elle vit à l'hôtel, avec deux amies ayant elles aussi un enfant à charge.

Devant s'absenter quelques jours à Cannes, elle confie le petit Patrick aux bons soins de ses copines, mais, de constitution fragile, l'enfant tombe aussitôt malade. Prises de panique, elles préviennent Ginette par télégramme. Celle-ci rentre en urgence et se présente à l'hôpital Saint-Vincent-de-Paul où l'enfant a été admis. Elle demande à récupérer son fils, mais se heurte au refus de la direction, qui a déjà fait enregistrer Patrick comme « enfant abandonné ».

Les services d'Assistance à l'enfance, faisant état de la négligence et des mœurs dissolues de la mère, confirment son immatriculation sous le numéro 271.834 et le placent en famille d'accueil dans la région parisienne. Ginette s'empresse de lui rendre visite et multiplie les courriers à l'Aide sociale à l'enfance afin de pouvoir le reprendre, mais ses fluctuations de domicile et sa situation professionnelle précaire lui font essuyer à chaque fois un refus catégorique. Pour se débarrasser d'elle, on change régulièrement Patrick de foyer. Elle le retrouve à chaque fois, jusqu'au jour où elle perd sa trace. On lui annonce alors qu'elle a perdu ses droits de puissance maternelle et qu'elle n'est plus habilitée à connaître son lieu de placement.

Patrick a dix ans lorsque Ginette, disposant à présent d'un salaire fixe, adresse une nouvelle demande à la sous-direction de l'Aide sociale à l'enfance pour le récupérer et l'élever aux côtés des deux autres garçons auxquels elle a entre-temps donné la vie. Sa demande est rejetée, compte tenu de « la longue indifférence » dont elle a fait preuve à l'égard de Patrick et de l'intérêt de l'enfant qui s'est « pleinement épanoui » dans le foyer qui l'a accueilli.

— En fait, commente Patrick, avec la volubilité paisible qui le caractérise, j'étais surtout pleinement malheureux !

Le pupille, qui passe ses journées à travailler la terre, n'a pas droit aux mêmes marques de tendresse que les enfants biologiques du couple. Il sait qu'il a été adopté, mais sa mère d'accueil n'apporte que des réponses évasives à ses questions. Quand l'assistante sociale effectue ses visites, il se cache pour écouter ce qui se dit sur sa mère. Plus d'une fois, étranglant ses sanglots, il se bouche les oreilles pour ne pas l'entendre traitée de prostituée ou de mère indigne.

Au fil des années, la santé de Patrick reste fragile et ses relations avec sa famille d'accueil sont de plus en plus tendues. Il rate son C.A.P., se fait renvoyer de tous les emplois qu'il exerce. N'ayant plus rien à perdre, il décide de monter à Paris pour trouver du travail et suivre la piste de ses origines.

Il décroche un poste d'aide-régleur chez Renault et se marie à l'âge de vingt ans. Son beau-père, gendarme, lui vient en aide dans sa recherche, avant de lui conseiller de jeter l'éponge devant les murs légaux dressés devant lui. Mais Patrick refuse de baisser les bras et, ne s'entendant plus avec sa femme, divorce.

Il reprend de plus belle ses investigations grâce à Marcelle, sa seconde épouse. Elle n'a pas connu son père, décédé avant sa naissance dans un accident de moto, et compatit d'autant mieux à sa détresse. C'est elle qui découvrira dans un magazine, durant l'été 1994, l'information qui va changer le cours de son destin : il est désormais permis aux enfants de l'Assistance publique d'avoir accès à leur dossier.

— C'est comme ça qu'en janvier 1995, j'ai ouvert le classeur de ma vie, raconte-t-il la gorge nouée. À quarante-quatre ans !

Il découvre pour la première fois le visage de sa mère, sur une photo en noir et blanc grossièrement agrafée, et la trouve très belle. Mais, surtout, il constate, comme il l'avait toujours espéré, qu'elle a longtemps multiplié les démarches pour le récupérer, sans y parvenir, comme en attestent les nombreux courriers de refus qui jalonnent son dossier.

Ginette s'est installée à Cannes, où elle a exercé la profession d'aide-soignante jusqu'à sa récente retraite. En plus des deux garçons déjà mentionnés, elle a eu deux autres enfants.

— Ils ont toujours su qu'ils avaient un grand demi-frère quelque part, confie-t-elle d'une voix tremblante d'émotions, lorsque je la retrouve enfin. Mais j'étais persuadée qu'il portait un autre nom et que je n'avais aucune chance de le revoir… Mon seul espoir, c'était que lui se mette en tête de me retrouver… Eh bien, voilà, c'est chose faite, il a réussi ! Dimanche, pour la première fois, toute la famille sera enfin réunie chez moi… Il va falloir pousser les murs !

UNE QUÊTE VITALE

« La disparition d'un proche correspond toujours à un trou dans la généalogie, à une disparition antérieure », explique Nicole Rivière, spécialisée en psychogénéalogie et psychanalyse transgénérationnelle. « Un non-dit sur la mort suspecte d'un ancêtre, l'effacement de l'histoire familiale d'un membre de la famille placé en hôpital psychiatrique, d'un enfant mort non nommé, d'un avortement, d'un enfant illégitime non reconnu dans les générations précédentes, ou encore d'un prince charmant mort à la guerre. Acte imprévisible, incompréhensible, une disparition signale toujours un fantôme enfoui dans un placard ! Le "fantôme" n'est pas l'apparition d'un défunt, sous un drap flottant, mais la trace chez les descendants d'un traumatisme non métabolisé, non digéré, suite à une absence de parole concernant principalement la mort et la sexualité dans les générations précédentes. Il se manifeste sous forme de passages à l'acte bizarres, de symptômes phobiques ou obsessionnels, ou encore de maladies.

De fait, le fantôme est l'épicentre d'un tsunami familial dont l'onde de choc se propage de génération en génération et se réveille chez ceux qui sont en lien avec lui par leur prénom, ou la même date de naissance, ou de décès… Ce fantôme est donc une structure énergétique, émotionnelle, relationnelle, qui se transmet

et reste accrochée à certains membres de la famille. Ils peinent parfois à s'en séparer parce qu'elle comble un vide intérieur sur lequel ils se sont construits et auquel ils sont très attachés.
Seul un travail sur son arbre généalogique, véritable enquête policière, va permettre de remonter à l'origine du traumatisme. Dire enfin l'indicible, c'est commencer à résoudre les traumatismes antérieurs… Pour obtenir la guérison, trouver l'apaisement espéré, je conseille en parallèle une psychothérapie ou thérapie énergétique appropriée : acupuncture, fasciathérapie, sophrologie, chamanisme… Le chemin parcouru à partir de notre histoire est toujours salvateur lorsqu'il s'agit de retrouver des parents biologiques, quel que soit le résultat obtenu. Cette quête s'avère vitale, surtout après la disparition des parents d'adoption… Et il n'est jamais trop tard, même si les parents biologiques ne sont plus en vie : recueillir un témoignage, retrouver un objet, des lettres, parfois une simple signature, peut être en soi réparateur. Tout en traversant leurs souffrances, redonner à chacun des membres d'une famille sa place permet de reprendre la sienne et devenir acteur de sa vie et non plus objet de son histoire familiale. »
« On ne chante juste que dans les branches de son arbre généalogique. »

René Char

« Ma mandoline et une bonne fée »

D'aucuns se souviennent de la situation effroyable que l'on découvrit en Roumanie après l'effondrement du régime communiste, en 1989. De ces visages poignants d'enfants vivant dans le plus grand dénuement dans des orphelinats rendus pléthoriques par la politique nataliste du dictateur Ceaușescu – qui n'autorisait l'avortement qu'à partir de la sixième grossesse.

C'est dans l'une de ces institutions qu'après le décès de leur mère, Daniel et Mirela, âgés respectivement de six et cinq ans, sont placés en 1981 par leur père, qui ne peut plus subvenir à leurs besoins. Quelques mois plus tard, le frère et la sœur sont séparés : Daniel est envoyé dans un orphelinat pour garçons et Mirela dans un orphelinat pour filles.

Un déchirement dont Daniel ne se console pas. Pendant deux ans, il n'a de cesse de réclamer la permission d'aller lui rendre visite. Leur dernière rencontre a lieu le 9 mai 1983. Ce jour-là, leur père leur annonce qu'une famille française s'est portée candidate à l'adoption de Mirela.

— Ma sœur a disparu du jour au lendemain, déplore Daniel, qui s'exprime dans un anglais courant. J'ai tout tenté pour savoir ce qu'elle était devenue, mais treize années se sont écoulées avant que, grâce à ma mandoline et une bonne fée, la chance me sourie enfin.

Pour échapper à la tristesse de sa vie quotidienne à l'orphelinat, Daniel étudie la musique et apprend à jouer de cet instrument. Doué, il intègre rapidement l'orchestre de son institution, qui donne de temps à autre des représentations à l'étranger. C'est lors d'une tournée en Irlande qu'il fait la connaissance, en 1994, d'Helen Fox, secrétaire de l'association Romanian Appeal Ireland créée pour venir en aide aux orphelins roumains. La « bonne fée », c'est elle : elle obtient pour Daniel une bourse d'études de six mois à Dublin, après sa sortie définitive de l'orphelinat de garçons, en 1995. Une chance inouïe pour lui à cet instant précis, lorsqu'on sait que le seul avenir promis à ces enfants devenus majeurs reste la rue.

Helen Fox gagne peu à peu la confiance de Daniel, qui lui confie son vœu de retrouver sa sœur, Mirela, adoptée par des Français.

Elle multiplie aussitôt les démarches, écrivant à plus de cent cinquante tribunaux dans l'espoir de retrouver le jugement. Quatre-vingt-dix d'entre eux seulement lui répondent, négativement, en la dirigeant vers le ministère des Affaires étrangères, qui sera sans doute plus à même de la renseigner. Là, on l'informe que Daniel, étant majeur, peut lui-même déposer sa demande de « recherche dans l'intérêt des familles » à la section consulaire de l'ambassade de France à Bucarest. Ce que celui-ci s'empresse de faire, en vain.

— À défaut de trouver ma sœur, Helen m'a permis de trouver un logement et un job chez McDonald's à Bucarest, plaisante-t-il avec un brun d'amertume.

Grâce à sa bonne étoile et à sa détermination, Daniel a finalement réussi à arracher à l'orphelinat où Mirela était placée le nom d'adoption qu'elle avait acquis.

— J'ai perdu le bout de papier sur lequel on me l'avait écrit, mais il est resté là, m'explique-t-il en se frappant le front, gravé en lettres de feu dans mon esprit : « Yvonne Marie C. S. ».

Munie de ce simple patronyme, dont Daniel avait de toute évidence mémorisé scrupuleusement l'orthographe, je me lance sur les traces de Mirela et la localise en Bretagne. Elle a dix-neuf ans, est en classe de première au lycée de Concarneau et rêve de devenir éducatrice spécialisée. En même temps qu'elle, Marie-Thérèse et Corentin S. ont adopté une autre fillette roumaine, qui est devenue sa petite sœur de cœur.

— Je n'ai pas pour autant oublié mon grand frère, me confie-t-elle. Je pensais souvent à lui, resté là-bas, dans l'enfer de l'orphelinat. J'avais l'intention d'entreprendre des recherches, mais c'est lui qui m'a trouvée, après seize ans de silence… Depuis que je sais que je vais le revoir dans quelques heures, j'ai l'impression d'avoir reçu un coup de massue !

Le train arrive en gare de Quimper à 17 h 13. Mirela l'attend au bout du quai, entourée de sa famille adoptive. La présence du cameraman de l'émission *Perdu de vue* et de plusieurs photographes des journaux locaux la rend nerveuse.

Soudain, elle oublie tout le monde et s'élance dans les bras du jeune homme qui descend d'un des wagons. Les témoins de la scène restent sidérés devant la ressemblance entre le frère et la sœur : même visage aux contours purs, même regard bleu azur, même couleur de cheveux. Mirela ne parle plus le roumain et Daniel pas encore le français, mais le bonheur qui se peint à l'unisson sur leurs figures se passe aisément de mots…

« Ses origines tatouées sur son corps »

C'est Élodie qui a pris la décision. Elle l'a prise à la place de Guillaume, son compagnon. Elle l'a prise pour Guillaume.

— Depuis que je le connais, il me parle constamment de son père, qu'il n'a pas connu et qui lui manque viscéralement. Il l'a tellement dans la peau que, comme il a entendu dire que celui-ci aurait des origines bretonnes, il s'est fait tatouer des symboles celtiques sur le corps ! Il souhaiterait plus que tout le revoir, mais la peur d'être rejeté le paralyse. Alors, avec l'aide de sa mère, c'est moi qui fais la démarche…

Guillaume est le fruit d'une brève idylle entre Catherine L. et Gilles A., qu'elle rencontre sur son lieu de travail en 1977, dans le 17e arrondissement de Paris. À sa naissance, son père a depuis longtemps pris ses distances et refuse de le reconnaître. C'est donc avec sa mère qu'il grandit, dans le Sud-Ouest, où elle s'établit. Le père a-t-il eu des regrets et tenté par la suite de les revoir sans parvenir à retrouver leur trace ? Mystère…

Catherine et Élodie n'ont aucune photo, aucun document officiel à me confier si ce n'est quelques bribes d'informations, que je sais pouvoir être erronées pour mille et une raisons.

Gilles serait né en 1949 et habitait donc à Paris 17e en 1977, entre les portes de Clichy et de Champerret. Une première vérification sur les listes électorales des années 1976 à 1979 n'aboutit à rien, mais un détail revient à l'esprit de Catherine. Il n'avait plus son père et rendait visite chaque week-end à sa mère à Rueil-Malmaison, où elle était hospitalisée pour un cancer.

Effectivement, une dénommée Antoinette A., née E., en 1911 à Paris 6e, figure bien dans les archives des Hauts-de-Seine. Elle apparaît comme étant décédée en septembre 1977, à l'âge de soixante-six ans, à Rueil-Malmaison. Elle est veuve depuis un an. Son défunt mari, André A., qu'elle avait épousé en 1937 en région parisienne, était mécanicien. Elle-même exerçait comme coiffeuse. Pour couronner le tout, elle était bien domiciliée à Paris 17e, entre la porte de Clichy et celle de Champerret.

Il ne pouvait s'agir que de la mère de Gilles. En assemblant toutes les pièces de ce puzzle généalogique, dont l'identité établie d'Antoinette A. constituait la première, j'arriverais infailliblement jusqu'à lui !

C'est d'elle que proviennent les origines bretonnes de Guillaume. Son père, Jean E., et sa mère, Marie L. N., ont grandi dans deux villages voisins du Morbihan. Ils se marient en 1909, et arrivent à Paris dans l'espoir d'y trouver du travail. D'abord installés à Pantin, où André, le frère aîné d'Antoinette, voit le jour en 1909, ils se fixent par la suite à Saint-Denis.

Quant au père de Gilles, André Lucien A., il est lui aussi issu d'une famille qui a pas mal roulé sa bosse, depuis la Côte-d'Or, fief de son grand-père paternel, Louis, jusqu'à l'Yonne où son père, Jean-René A., a vu le jour, avant de sillonner la banlieue parisienne.

C'est dans un premier temps à Saint-Denis, près de la famille d'Antoinette, que le jeune couple A. emménage, avant de s'établir dans le 17e arrondissement de Paris à la fin de la guerre. Ils louent un appartement dans un immeuble géré par la Ville de Paris, qu'ils partagent avec leur fils unique… Jean-Gilles, et non Gilles, même si tout l'entourage le surnomme « Gilou » ! Lequel est né à Paris, non pas en septembre 1949, comme nous le pensions, mais en décembre 1948 ! Une indication essentielle pour débuter toute recherche et éviter de partir en quête d'un homonyme. Hélas, c'est aussi grâce aux données de naissance que l'on découvre celles de décès. J'ai la mauvaise surprise d'apprendre que Jean-Gilles n'est plus de ce monde depuis quatre ans. Ma peine, et l'appréhension que j'ai toujours à annoncer ce genre de nouvelle, sont heureusement adoucies par la révélation de l'existence de deux autres enfants, Jean et Anne.

Lorsque je les contacte, ils ne semblent pas très étonnés : tous deux savaient qu'ils avaient un frère aîné, mais, ayant eux-mêmes très peu d'informations à son sujet, ils attendaient un signe de sa part pour le rencontrer.

Ce sera chose faite quelques jours après, où je reçois, photo à l'appui, ce SMS d'un Guillaume soulagé et radieux : « Première rencontre avec Jean, un moment magique et unique. Il voit notre père en moi et apparemment beaucoup de ressemblance. Il ne manque plus qu'Anne ! »

L'ART DE LA FUGUE

Si, dans les faits, une disparition volontaire d'adulte fait souvent penser par son caractère soudain et imprévisible à une fugue, on ne pourra cependant pas utiliser ce mot car la « fugue », dans le vocabulaire policier et judiciaire, est exclusivement réservée aux mineurs. Environ 50 000 disparitions de mineurs sont inscrites chaque année au fichier des personnes recherchées (FPR).

Les trois quarts des fugues signalées au numéro « 116 000 Enfants disparus » concernent des filles. Peut-être ces dernières suscitent-elles davantage l'inquiétude des parents : en agissant vite, ils cherchent non seulement à multiplier les chances de retrouver leur enfant, mais aussi à obtenir un soutien moral face aux risques encourus par une jeune fugueuse.
La plupart des fugueurs sont âgés de quinze ans au moins. Il est bien évident que plus le fugueur est jeune, plus sa disparition sera considérée comme « inquiétante », avec à la clé des moyens d'enquête démultipliés. Les raisons principalement invoquées pour expliquer une fugue sont, par ordre décroissant : l'escapade amoureuse (24 %), les conflits familiaux (21 %), les problèmes scolaires (9 %), les mauvaises fréquentations (8,5 %) et le désir d'émancipation (8 %).
En outre, 57 % des fugueurs sont des récidivistes. Une proportion aujourd'hui stable, alors qu'elle était en constante augmentation depuis 2006. Autre statistique parlante, établie pour la première fois en 2009, 54 % des parents de fugueurs sont séparés.

Chère Patricia,

Plein de choses nouvelles à vous communiquer aujourd'hui, avec l'arrivée des pièces attendues !

Faisons le point tout d'abord sur les parents de notre chère Odette.

Abel Girere, fils de Jeul Girere, menuisier, et de Delphine Tramblé (ou Tremblé), lingère, a eu de nombreux frères et sœurs : Jules Jacques (1872-1949), Gaston Stanislas (1876-1876), des triplées Lise, Madeleine, Suzanne (1877-1877), Jeanne Marie (1878-1948), Samuel Auguste (1880-1892), Henry (1884-1921), Germaine Léontine (1888-1898). Malgré les décès d'enfants à la naissance ou en bas âge qui étaient monnaie courante, cela fait néanmoins une belle famille autour de la table !

Abel, né en 1874 à Rochefort (et mort à Rochefort en 1934), qui était, comme son père, menuisier de son état, a épousé, en 1900, Marie-Madelaine Betesta, née en 1877 à Fouras et morte à Rochefort en 1938. En plus d'Odette, née en 1901, ils ont eu un autre enfant : Henri (1909-1958).

À une époque où n'existait pas la pilule et où les femmes enchaînaient les grossesses, je trouve très troublant cet écart de huit ans entre les deux enfants ! Je vais suivre la piste du petit frère, Henri, pour voir où elle nous mène…

Pour ce qui est d'Odette, elle a épousé en 1924, à Rochefort, Étienne Edmond Gireau, né en 1901 à Saint-Just (Charente-Maritime), charcutier. Ils ont eu cinq enfants : Edmond, Pierre, Josette, Germaine et Maud.

En complétant avec le registre matricule militaire d'Étienne Edmond Gireau, j'ai appris qu'il a été, pour son service militaire, en 1921, incorporé dans la Marine jusqu'en 1923. Après son mariage, il a rempilé dans la Marine à Rochefort puis à Toulon – ce qui expliquera sans doute que plusieurs de ses enfants soient nés à Toulon.

Étienne Edmond Gireau est mort en 1981 et Odette Girere en 1987. C'est donc du côté de la descendance d'Odette et de son frère cadet Henri qu'il faut à présent orienter notre barque !

Je vous embrasse bien fort,
Nelly

Le prix
de la vérité

« Je ne sais pas ce que c'est d'être père »

— Aussi loin que je me souvienne, chaque année, en soufflant mes bougies d'anniversaire, j'ai toujours fait le même vœu : retrouver mon père, avoue Kelly de sa voix de petite fille enrouée de larmes.

Kelly vit en Bretagne. C'est une jeune femme brune de vingt-sept ans, au regard d'un bleu limpide qui s'obscurcit lorsqu'elle parle de Roger, ce papa qu'elle n'a pas revu depuis vingt ans. La dernière fois qu'il est venu la voir, elle avait à peine plus de six ans.

Kelly aimerait comprendre. Elle scrute inlassablement toutes les photos que sa mère a gardées de lui. On y voit un père attentif, aimant, s'occupant avec un bonheur évident de sa petite fille.

— J'espère vraiment le retrouver… J'espère surtout qu'il acceptera de me revoir. S'il dit non, je serai vraiment très attristée… Je voudrais qu'il m'explique pourquoi il n'a plus donné de nouvelles depuis si longtemps…

N'avait-elle pas été une enfant désirée ? Roger avait-il mal vécu sa paternité ? Avait-il une autre raison de vouloir disparaître ? Telles sont les questions auxquelles se heurte Kelly depuis tant d'années.

Le comportement de son géniteur est d'autant plus incompréhensible que sa mère, Catherine, raconte que leur divorce s'est déroulé à l'amiable, tout comme, par la suite, ses visites.

— Roger était un enfant de la DDASS, explique-t-elle, abandonné par ses parents quand il était tout petit. Est-ce qu'il faut chercher la raison de son départ du côté de son passé chaotique ? Le pire, conclut Catherine, serait encore qu'il ait refait sa vie, qu'il ait auprès de lui d'autres enfants qu'il a élevés et qu'il refuse de la revoir, elle… Ce serait un coup très dur pour Kelly.

Je leur promets de faire tout ce qui sera en mon pouvoir pour leur apporter des réponses et, si la chance est avec nous, permettre à la fille de renouer le lien avec son père.

Je reprends la route, munie des deux seules indications qu'elles aient pu me fournir : les adresses personnelle et professionnelle de Roger, il y a vingt ans.

Au bout de trente minutes, j'arrive sur les lieux où, en attendant de bâtir une maison, il avait aménagé un mobil-home avec sa nouvelle compagne. Je me prends à espérer que le pavillon qui s'y dresse à présent lui appartient, mais je déchante vite : les occupants actuels ont acheté le terrain par adjudication et ne connaissent de l'ancien propriétaire que le nom. J'insiste : savent-ils quelque chose de sa compagne ? Pour toute réponse, on me claque la porte au nez !

Je reprends la route, avec l'espoir que mon second indice se révélera plus productif. Je me gare bientôt sur une petite île privée, bordée de marais salants et surmontée d'un drapeau de pirate qui claque au vent. Au moins les propriétaires ne manquent-ils pas d'humour, me dis-je en m'approchant d'une somptueuse demeure qui semble inhabitée.

Inhabitée, elle l'est en effet les trois quarts du temps, comme me le confirme son propriétaire qui, par une chance inouïe, est là pour quelques jours. Nous nous présentons, et je découvre que j'ai affaire à un architecte de renom, Claude P., célèbre dans le monde entier !

Le vieil homme me scrute de son regard acéré tandis que je lui explique le but de ma démarche. Il me confirme qu'il a bien employé Roger, mais la suite de sa réponse n'est pas très encourageante :

— Il n'a pas été gardien ici pendant très longtemps… Il est parti assez vite…

Toutefois, sitôt que je lui parle de sa fille :

— Sa fille, dites-vous, oui, il en parlait souvent, je me souviens… Il sera sûrement content de la revoir !

« Il sera » ? Je le regarde, soudain ragaillardie.

Monsieur P. a gardé le contact avec Roger et accepte de me donner ses coordonnées. Ironie de l'histoire : il vit à une vingtaine de kilomètres à peine de Kelly.

Il est déjà 18 heures, et une bonne heure de voiture m'attend, mais, galvanisée par le succès de mes recherches, je décide de ne pas reporter leur conclusion au lendemain. Avec un peu de chance, Roger sera de retour de son travail, peut-être sur le point de dîner au moment où j'arriverai.

Et c'est en effet lui qui m'ouvre, lorsque je sonne à la porte d'une maison surgie au milieu des champs de maïs.

L'homme barbu, bourru, me laisse à peine me présenter avant de m'éconduire :

— Ça ne m'intéresse pas !

— Si, si, écoutez-moi encore un peu, et cela va vous intéresser, vous allez voir ! Si je vous parle de quelqu'un qui vous cherche depuis plus de vingt ans, si je vous parle de Kelly, vous n'êtes pas intéressé ?

— Je n'y crois pas…

Le temps qu'il revienne de sa surprise, j'ai déjà sorti une poignée de photos et lui montre la Kelly-enfant, telle qu'il l'a quittée, puis la Kelly-femme qui lui est inconnue :

— Ça fait bizarre… Ça a été tellement vite…

L'ours baisse enfin la garde, et Roger me fait entrer chez lui. Pour m'expliquer comment il a perdu la trace de Kelly, il invoque plusieurs déménagements, des numéros de téléphone qui ne répondent plus, le temps qui passe, la vie, en somme.

Mais jamais il n'aurait imaginé, avec tout ce qu'on avait dû lui raconter sur lui, qu'elle puisse vouloir le retrouver :

— Pour moi, c'était perdu, terminé, j'avais fait une croix dessus. À part peut-être le jour de ma mort, où elle saurait qu'elle avait eu un père…

Roger sourit enfin. Spontanément, il propose que Kelly vienne chez lui pour leurs retrouvailles.

Elle me rejoint le lendemain, intriguée par le lieu de notre rendez-vous, ce minuscule village breton perdu dans la campagne. Elle ne sait rien encore de ce que j'ai à lui annoncer, et son visage est tendu par l'appréhension. J'essaie d'y aller en douceur :

— Kelly, on est à vingt kilomètres de chez vous, et celui que vous espérez voir depuis vingt ans habite ici. Il est là, à vingt mètres, il vous attend…

Son corps tout entier est secoué de tremblements. Elle titube, fait un pas en avant, et se dirige courageusement vers son père. Elle se love dans ses bras et ne retient plus ses larmes.

Roger, lui, semble mal à l'aise et ne sait que faire de ses mains :

— Je ne sais pas ce que c'est d'être père, murmure-t-il à sa fille en guise d'excuse. Je n'ai pas eu d'autre enfant que toi…

Ils échangent quelques phrases maladroites, puis Roger prend Kelly par la main et la présente fièrement à Christine, sa compagne.

Tout aussi émue, elle l'accueille à bras ouverts et lui montre toutes les photos de la petite Kelly qui les accompagnent depuis tant d'années. Kelly se sent infiniment touchée que ce père, dont elle se croyait oubliée, ait parsemé sa maison de photos d'elle.

— Le plus douloureux, lui explique Christine, c'était le jour de ton anniversaire, le 6 mars… Grâce à toi, il a maintenant une famille. Ça va changer sa vie.

— Oui, renchérit Roger, qui laisse enfin libre cours à sa joie et à sa tendresse, je vais tout faire pour te garder, pour ne pas risquer de te perdre une deuxième fois.

Gagnée par leur émotion, je laisse le père et la fille à la joie de leurs retrouvailles…

Quelques mois plus tard, comme je le fais souvent, j'appelle Kelly pour prendre de ses nouvelles.

Elle voit toujours son père. Je lui dis que je m'en réjouis et m'apprête déjà à raccrocher, lorsque je sens qu'elle a d'autres choses à me dire. Je lance au hasard:

— Est-ce que vous avez pu parler des raisons qui l'ont éloigné ?

— J'ai eu beau le questionner, je ne sais toujours rien ! Au début, il disait que c'était la faute de ma mère, de mes grands-parents… Dernièrement, il a reconnu qu'il n'était pas le seul responsable, on progresse ! Tout ça, il a fallu que je lui arrache mot après mot de la bouche car il ne parle pas, il ne me pose pas de questions. Quand on est ensemble, je parle pour deux !

Les vannes étaient ouvertes: Kelly déversait toute sa tristesse.

— C'est très difficile pour lui de maintenir une relation, car il est incapable d'attachement… Il m'a expliqué qu'il est resté à la DDASS parce qu'il était inadoptable. Sa famille devait le reprendre, mais elle ne s'est plus manifestée… Il n'a revu sa mère, une femme froide et acariâtre, et son frère, qui, à plus de cinquante ans, vivait toujours avec elle, que récemment, quand un notaire l'a contacté au décès de son père. Et depuis, c'est de nouveau silence radio… Ma mère m'a dit qu'elle ne l'aurait pas reconnu tant il a changé ! Il sent tout le temps l'alcool, il se néglige, ne change jamais de vêtements… C'est bien simple, il paraît que sur les chantiers, on l'appelle « Roro le crasseux » ! Il faut le rassurer tout le temps, lui donner beaucoup d'affection, et en même temps accepter de ne pas être ménagé par lui ! Pour la fête des Pères, par exemple, je l'avais invité dans une crêperie et, au lieu de me remercier, en sortant il m'a lancé : « C'est vraiment dégueulasse, ici ! » Autre exemple : comme je souffre d'une maladie orpheline, je suis sous morphine, ce qui fait que j'ai pris treize kilos en peu de temps. Plutôt que de me réconforter, il a préféré ironiser : « Ah ah ! Tu vas devenir aussi grosse que moi ! » On n'a vraiment aucun point commun… Mais c'est mon père !

« C'est un grand jour »

Il a toujours entendu son prénom prononcé à la française, pourtant, José se doute que sa mère devait l'appeler à l'espagnole, avec la *jota*… D'elle, il ne sait quasiment rien, alors il brode… Seules certitudes : elle venait de Logroño et avait quitté l'Espagne dans les années 1960, pour travailler à Paris comme femme de chambre.

Maria vit alors dans une chambre de bonne du 15ᵉ arrondissement, dans des conditions difficiles. Aussi, lorsqu'elle donne naissance à José, elle le reconnaît mais le confie à l'Assistance publique.

José garde le visage fermé, les yeux baissés, lorsqu'il évoque ces événements douloureux :

— Voilà ce que j'ai appris de la bouche de ma mère adoptive, à l'âge de huit ans. Avant cela, je ne savais rien du tout sur ma mère biologique mais j'ai compris que j'en avais une en arrivant ici, quand ma mère adoptive m'a servi à manger pour la première fois et que je lui ai lancé « Merci madame ! »

Il y a deux ans, José s'est fait remettre par les services sociaux son dossier d'abandon. Il l'a tellement lu et relu depuis qu'il le connaît par cœur :

— J'ai découvert avec stupéfaction que j'avais aussi une sœur, Michelle, née un peu plus d'un an avant moi. Elle a été reconnue, puis abandonnée et certainement adoptée également. Mon procès-verbal d'abandon mentionne bien que ma mère « est venue me voir assidûment à la pouponnière de Bourg-la-Reine, puis qu'elle est venue régulièrement nous voir au Centre de Mainville jusqu'en avril 1966 ». Mais il est écrit qu'à partir de cette date – cela me fait toujours très mal de le lire – « son désintérêt est devenu total ».

Maria-Elena avait-elle été contrainte, son permis de séjour expirant, de repartir soudainement en Espagne ? Comment expliquer son brusque changement d'attitude, alors qu'elle semblait attachée à ses enfants ?

La découverte de son mariage avec un Espagnol prénommé Julio, moins d'un an après, m'apporte un début d'explication. Maria-Elena n'a donc pas quitté Paris, mais a probablement été confrontée à un choix crucial : son passé, ses enfants d'un côté, son avenir, son mari de l'autre…

Vivaient-ils toujours en France ? Avaient-ils eu des enfants ? Qui était ce Julio et comment s'étaient-ils connus ? Maria-Elena était-elle tout simplement toujours en couple avec lui ? Depuis 1967, de l'eau avait coulé sous les ponts… Rue Joubert, à l'adresse qu'ils indiquaient à leur mariage, il ne reste aucune trace de leur présence, mais ma démarche délie les langues. On m'aiguille vers un vieil Espagnol, Santiago, établi dans le quartier depuis des lustres et qui connaît tout et tout le monde. Hélas, Maria-Elena ne lui dit rien, mais si elle est retraitée, c'est sûr, elle est repartie dans son pays !

En l'absence d'élément plus consistant, je me raccroche à ce fétu et prends l'avion pour l'Espagne. J'ai précédemment relevé plusieurs D. et V. dans la région d'Alicante et, pour plusieurs raisons dont un lien avec Logroño, un certain Victor-Manuel m'intrigue. En attendant l'ouverture, le lendemain matin, du « *padrón* », où les habitants ont l'obligation de se déclarer, je me rends à son adresse. La nuit est tombée et, seule au milieu de ce dédale d'immeubles gigantesques, je réalise très vite que personne ne connaît personne.

Le nom de Victor-Manuel figure bien sur l'une des boîtes aux lettres et je m'enhardis à frapper à sa porte. Un vieux monsieur vient m'ouvrir, libérant un flot sonore de télévision.

C'est bien le frère de Maria-Elena, mais il semble ignorer que, avant ses deux filles – dont je découvre l'existence –, elle ait eu un fils en France. Il me convie à entrer et ausculte avec intérêt les photos de José que je lui tends. Tout aussi curieuse, sa femme admet qu'il y a indéniablement un air de famille.

Comme il a peu de contacts avec sa sœur, il appelle son fils, qui lui rend visite régulièrement, et lui demande de me dicter l'itinéraire qui me conduira jusqu'à elle.

Le lendemain matin, je m'engage dans le lotissement de petites villas jumelées où vit Maria-Elena. Mon stress est à son maximum lorsque j'appuie sur la sonnette. C'est une petite dame frêle, visiblement intimidée, qui m'ouvre la porte et m'invite à poursuivre la conversation, en français, à l'intérieur. Elle devine à mon accent que je suis l'émissaire de José, mais reste interdite.

— Ça fait si longtemps… Mon mari est au courant… Mais on n'en parle plus, bredouille-t-elle, comme si elle essayait d'échapper à toute émotion.

Tandis que je sors de mon sac les photos de José enfant que j'ai apportées à son intention, je lui fais compliment de son français qu'elle n'a pas oublié depuis son retour en Espagne. Elle me rétorque que son mari et elle ne sont revenus s'y installer que récemment, à leur retraite, après pas moins de quarante-six années passées en France. Rue Joubert, Santiago avait vu juste !

— Qu'il est mignon, José ! s'exclame-t-elle en regardant les photos.

Et elle s'effondre, en m'expliquant que, seule, dans un pays étranger, elle n'avait eu d'autre choix que de l'abandonner…

Je la réconforte en lui disant que José ne lui en a jamais voulu.

— C'est un grand jour, s'écrie ce dernier transfiguré par son sourire lorsque je lui rapporte le récit et les images de ma rencontre avec sa maman. Je sais à présent qu'elle ne m'a pas oublié. Il ne reste plus qu'à faire la route pour aller la voir et la serrer dans mes bras…

Chère Patricia,

Je me suis permis ce matin de faire quelque chose dont, je l'espère, vous ne me tiendrez pas rigueur. Grondez-moi si vous trouvez que j'ai outrepassé mes droits !

J'ai trouvé les coordonnées d'un « Richard Girere » en Charente-Maritime et je l'ai appelé pour lui demander, dans le cadre d'une recherche généalogique, s'il était un descendant d'Abel Girere. Il était présent mais c'est avec son épouse, à qui il soufflait les réponses, que j'ai conversé par téléphone. Au début, il a assuré que non, avant d'admettre qu'en fait il ne connaissait pas l'identité de son grand-père. Mais quand j'ai évoqué Odette Girere, épouse Gireau, cela a tout de suite fait « tilt » ! Odette, bien sûr, puisque c'était sa tante !

Richard était donc le fils d'Henri Girere, le fameux petit frère d'Odette né huit ans après elle !

Cela lui a fait plaisir d'apprendre les noms de ses grands-parents que, visiblement, il ignorait ou avait oubliés : Abel et Marie-Madelaine. Mais sur un point, Richard était formel : sa tante Odette et son père Henri avaient été les seuls enfants du couple ! Il n'avait jamais entendu parler d'un autre enfant... Et il n'a pas non plus gardé de contacts avec ses cousins Gireau nés du mariage d'Odette. D'ailleurs, il ignorait qu'Odette était décédée en 1987 à Rochefort, c'est moi qui le lui ai appris !

De mon point de vue, cette famille Girere n'a pas l'air très soudée. On dirait bien que chacun y fait sa vie de son côté, sans se soucier de garder le contact avec les membres de sa famille. C'est mon sentiment, mais je peux me tromper...

Voilà pour aujourd'hui ! Je vous quitte en vous embrassant,

Nelly

« J'ai besoin d'un peu de temps »

René avait douze ans lorsqu'un camarade de jeux avec lequel il s'était chamaillé lui assena : « Tes parents, c'est pas tes parents ! Tu n'es qu'un sale bâtard ! » Abasourdi, il questionne ces derniers, qui lui révèlent la vérité : ils l'ont effectivement adopté, sa mère l'ayant abandonné à sa naissance.

Il a aujourd'hui quarante-neuf ans, vit en Ardèche, et ne sait toujours rien des motivations de cette mère qui a préféré se gommer de la vie de son bébé.

— Voyant à quel point cela me tourmentait, plus d'une fois mes parents adoptifs m'ont encouragé à entreprendre des recherches pour la retrouver. Mais, par respect pour eux qui m'ont donné tant d'amour et que j'adorais, je ne l'ai pas fait…

Après leur décès, René réclame son dossier d'adoption auprès des services de l'Aide sociale à l'enfance. À sa grande surprise, il découvre qu'il n'est pas né « sous X » comme il l'avait toujours cru, et apprend l'identité de sa mère biologique. Quelques lignes manuscrites précisent même que, sur le point de se marier, sa future belle-famille, très catholique, la rejetterait si elle connaissait l'existence de cet enfant adultérin. Orpheline de mère, Mireille est l'aînée de trois enfants et s'occupe de son père invalide. Elle est originaire de l'Ardèche mais l'accouchement a eu lieu à Montélimar, dans la Drôme.

J'espère trouver des informations à la mairie de la ville où résidait Mireille au moment de la naissance de René. Mais ni les registres d'état civil, ni la liste électorale de l'année concernée ne trahissent la présence de la jeune mère. Il est bien fait mention d'autres personnes portant le même patronyme mais elles sont beaucoup plus âgées que Mireille.

Je ne désarme pas pour autant et entame dès le lendemain un travail de fourmi aux archives départementales de l'Ardèche, en consultant page après page les recensements de population des années 1940. Mon endurance est couronnée de succès car je découvre effectivement, deux ans avant la naissance de René, une Mireille X., née en 1946 dans le Vaucluse, célibataire.

Elle s'est mariée depuis, a eu deux autres enfants et réside toujours en Ardèche, à une poignée de kilomètres de son premier fils.

La nuit est tombée lorsque j'arrive devant chez elle. Elle n'est pas encore rentrée, mais c'est un soir de pleine lune et je n'ai pas besoin d'allumer mes phares pour la voir arriver quelques instants plus tard. À l'appel de son prénom, elle se retourne vers moi et je crois voir René.

— Je n'ai jamais eu d'enfant qui s'appelle René à Montélimar, me rétorque-t-elle du tac au tac. Vous devez vous tromper, il y en a d'autres, des Mireille !

Sa réponse aux accents sincères a fusé avec un tel naturel que je ne peux qu'admettre qu'effectivement, j'ai dû me tromper…

Je reparcours mes notes dix fois et j'arrive pourtant à la même conclusion : c'est elle ! Et je n'arrive pas non plus à me défaire de la ressemblance flagrante qu'elle partage avec son fils.

Je laisse quelques jours s'écouler, et la joins par téléphone. De son côté, elle a réfléchi et je ne comprends pas tout de suite pourquoi elle m'annonce que René était précisément le prénom de son père… Sa voix se trouble et elle déverse les horreurs qu'il lui a infligées alors qu'elle n'était qu'une enfant.

— Je me rappelle que j'ai eu très mal au ventre… Alors il m'a emmenée en voiture à l'hôpital… Quand je suis revenue à moi, j'avais dû accoucher. On a laissé le bébé, on est rentrés à la maison et je suis retournée au travail comme si de rien n'était.

À l'autre bout du fil, la voix de Mireille se brise. À soixante-huit ans, c'est la première fois qu'elle trouve les mots, et probablement la force pour décrire ce traumatisme.

— Ça m'a fait du bien de le sortir ! avoue-t-elle avec un soulagement audible. La première chose que je lui demanderai, à René, c'est de me pardonner.

Mais lorsque je lui offre la possibilité de le faire en face à face, elle bat en retraite :

— J'ai besoin d'un peu de temps…

Deux années se sont écoulées. Récemment, Mireille a perdu son frère. Un événement qui a précipité sa décision de prendre – enfin – contact avec René.

Il aimerait la serrer dans ses bras et faire la connaissance de Christophe et Magali, ses demi-frère et demi-sœur, ainsi que de leurs enfants respectifs. Mais il sait que Mireille n'a pas encore trouvé le courage de leur parler de lui, pas plus qu'à son mari, qui, s'il a su au début de leur mariage qu'elle avait été abusée par son père, a toujours ignoré qu'elle avait eu un enfant de lui.

René continue d'espérer cette rencontre. Sereinement. Car, déjà, sa vie a changé. Il sait à présent qui il est, d'où il vient… et où il va.

NAÎTRE SOUS X

De 10000 dans les années 1960, ils sont encore environ 600 à naître sous X chaque année en France. Ces enfants dépourvus d'identité sont déclarés, à l'état civil, sous plusieurs prénoms dont le dernier leur sert de patronyme jusqu'à leur adoption. C'est là une spécificité française : toute femme a le droit d'accoucher dans l'anonymat. Son identité ne figurera nulle part et ses frais médicaux seront intégralement pris en charge par le service de l'Aide sociale à l'enfance du département, siège de l'établissement. C'est une loi révolutionnaire du 28 juin 1793 qui a posé les fondements de cette pratique. Mais c'est à Pétain que l'on doit, en 1941, l'accouchement sous le sceau du secret tel qu'il est pratiqué jusqu'à aujourd'hui.

Depuis 2002, et la création du Conseil national pour l'accès aux origines personnelles (Cnaop), les enfants nés sous X ont désormais la possibilité de faire rechercher leur mère biologique, et vice versa. Les demandes affluent (733 en 2014, 798 en 2015 selon les chiffres officiels) mais les résultats, plus qu'opaques, se font attendre. On estime à près de 800000... les Français nés sous X potentiellement à la recherche de leurs origines.

Conçu pour être l'intermédiaire privilégié entre un enfant à la recherche de ses origines et une mère qui a souvent du mal à se retourner sur un épisode douloureux de son passé, le Cnaop se révèle souvent, à l'usage, en favorisant le droit à la vie privée de la mère, une cloison étanche qui étouffe tout échange possible entre les deux parties.

ESPÈCE DE BÂTARD !

D'origine germanique, le terme « bâtard » ne date pas d'hier puisqu'il est apparu en français en 1080, en provenance du germanique. L'emploi de l'anglais *bastard* a gardé la forme ancienne avec -s, qui a suscité l'accent circonflexe en français.

Le terme sert à désigner un enfant né de parents non mariés, comme en attestent de nombreux exemples dans l'Histoire, de Guillaume le Conquérant, surnommé Guillaume le Bâtard, aux seize bâtards royaux nés de Louis XIV. Son sens premier a ensuite évolué de façon péjorative, bien que Littré, dans son dictionnaire, recommande en 1873 à l'article « bâtard » de préférer l'usage d'« enfant naturel ».

Ces enfants issus d'une relation illégitime connaissaient un sort peu enviable qui émut saint Vincent de Paul, lequel créa à Paris l'hôpital des Enfants-Trouvés, ancêtre de l'Assistance publique. C'est lui aussi qui installa en France le premier « tour d'abandon », petit guichet pratiqué dans un mur d'hôpital, où les femmes pouvaient déposer leur bébé lorsqu'elles souhaitaient se débarrasser de ce « fruit du péché » qui les livrerait à l'exclusion sociale. Les tours d'abandon se multiplieront et perdureront en France jusqu'en 1904.

Autre temps, autres mœurs : en 2015, 57,9 % des naissances ont eu lieu hors mariage, une tendance qui n'a cessé de s'accroître depuis le début des années 1980, où on n'en comptait que 11,4 %.

« Mon adoption a été un sauvetage »

Gaëtan est un beau jeune homme de vingt et un ans, étudiant à Paris. Il a été adopté à l'âge de trois ans par une famille aimante, dans laquelle il s'est pleinement épanoui. Toutefois, il aimerait combler ce vide qu'il ressent lorsqu'il pense à ses premières années et sur lequel il échafaude toutes sortes d'hypothèses :

— Il m'est arrivé de me dire que mes parents n'avaient pas pu me garder parce qu'ils étaient célèbres, et qu'ils reviendraient me chercher plus tard…

Son histoire mystérieuse se déroule dans les années 1990, à Quesnoy-sur-Deûle, dans le Nord. Il n'a que quelques mois lorsqu'il arrive chez Danielle et Francis B., une famille d'accueil agréée par la DDASS, qui le réceptionne en urgence. D'où vient-il et, surtout, que lui est-il arrivé ? Son dossier de pupille n'indique rien à ce sujet, et Gaëtan m'a demandé de l'aider à retrouver les traces de ce passé énigmatique.

Le pavillon en briques rouges des B. n'a pas bougé, mais eux sont depuis partis s'installer à Armentières. Gaëtan ne les a plus revus depuis son adoption et il n'en a aucun souvenir, mais l'émotion l'étreint lorsqu'ils lui ouvrent leur porte. Danielle et Francis n'ont jamais oublié ce petit garçon arrivé en pleurs, et les nombreuses photos qu'ils ont conservées témoignent de l'affection qu'ils lui ont apportée. Mais ils n'ont aucune idée de ce qui a pu se passer et des raisons qui ont conduit sa mère Kathy à l'abandonner.

Peut-être aurons-nous plus de chance à Tourcoing, où vivait Kathy lorsqu'elle a déclaré la naissance de Gaëtan… Nous arpentons la rue où elle habitait, en interrogeant les gens du voisinage. Mais vingt ans se sont écoulés et l'évocation d'une jeune femme belge enceinte ne dit rien à personne. Jusqu'à ce que nous tombions sur une dame d'un certain âge, qui dévisage longuement Gaëtan :

— Bien sûr que je me souviens d'elle, et de toi aussi… Je suis ta marraine, mon petit gars ! Je veux bien te raconter ce qui s'est passé mais à condition que tu ne le prennes pas mal parce que la vérité risque de te choquer…

Nous entrons, nous asseyons, et l'écoutons. Gaëtan devient livide en découvrant le lourd contexte de sa naissance : le meurtre de son grand-père par son père, des affaires de braquage, de drogue, d'inceste et de prostitution.

— Tu t'es retrouvé, âgé de quelques mois, au milieu de tout ça… Ton père a été incarcéré et tu étais livré à toi-même, sans soins, pendant que ta mère se prostituait pour acheter de quoi te nourrir… Les services sociaux s'en sont mêlés et t'ont retiré à elle. Du jour au lendemain, on ne l'a plus revue.

D'après elle, aux dernières nouvelles, Kathy serait repartie en Belgique, à Charleroi.

Dans la voiture qui nous conduit de l'autre côté de la frontière, Gaëtan reste silencieux, encore sous le choc de ce qu'il vient d'apprendre. Il admet qu'il a « un peu mal au ventre », mais me confirme son désir d'aller jusqu'au bout de sa quête.

— Finalement, conclut-il au bout d'un instant, je me dis que mon adoption a été un sauvetage !

Nous obtenons sans difficulté l'adresse de Kathy. L'immeuble, misérable, abrite des chambres dont la plupart semblent inoccupées. Les locataires ont l'usage commun de la cuisine et des sanitaires situés sur le palier. Kathy est connue de ses voisins, mais elle a déménagé récemment, et personne ne connaît sa nouvelle adresse. Un homme nous conseille toutefois d'aller voir au « Janson », un bar du centre où elle a ses habitudes.

Kathy est bien là, attablée devant un demi. C'est une femme maigre aux cheveux bruns mi-longs, dont le visage émacié garde encore la trace d'une beauté certaine.

Elle nous sourit, sans comprendre d'abord ce que nous lui voulons. Mais sitôt que je mentionne la date de naissance de Gaëtan, elle s'écrie :

— C'est mon fils ! Je suis contente ! Comme tu es devenu un grand et beau garçon !

Elle pleure, l'enlace, l'embrasse et l'embrasse encore. Au milieu de ses larmes, elle confie qu'elle ne pensait plus que ce jour arriverait parce que, à chaque fois qu'elle avait essayé de savoir quelque chose, on l'avait rabrouée en arguant qu'il ne fallait pas « perturber l'équilibre que lui avait apporté sa nouvelle famille » et que, de toute façon, on n'avait pas le droit de lui communiquer des renseignements…

— Qu'est-ce que c'est bon de s'entendre appeler « maman » quand on ne croyait plus que ce serait possible !

CHEZ NOS VOISINS

Pour les Suisses, une personne majeure, saine de corps et d'esprit, est libre d'aller où bon lui semble sans en aviser personne,

du moment que le « disparu » ne se soustrait pas à une condamnation ni à l'obligation de payer une pension alimentaire. Une disparition fera toujours l'objet d'une inscription au fichier de recherches informatisées de la police, et ce sera au corps de police compétent d'estimer si un avis de recherche public doit ou non être lancé.
En 2014, la police genevoise a enregistré 968 avis de disparition, dont 13 seulement ont été transmis aux médias, à la demande ou avec l'accord de la famille. Ainsi, un vieil homme atteint de la maladie d'Alzheimer, qui avait disparu en plein hiver, a pu être retrouvé en quinze minutes…
Dans le canton de Vaud, le nombre de disparitions signalées croît d'année en année : 4 244 en 2016, soit environ 400 de plus qu'en 2015 et 800 de plus qu'en 2014. On y relate des cas où c'est le « disparu » lui-même qui, au bout de plusieurs mois de silence, appelle le numéro indiqué sur son avis de recherche, ainsi que cela s'est produit à date récente avec un monsieur qui était parti seul dans le sud de la France sans prévenir personne.
En Belgique, toute disparition signalée à la police locale est transmise aussitôt à la Cellule nationale des personnes disparues créée en 1996. On recense environ 1 500 personnes disparues par an,

parmi lesquelles plus de 95% seraient retrouvées.
Sur les 1078 personnes portées disparues en 2005, 126 ont été retrouvées mortes. Parmi les 833 retrouvées vivantes, 188 disparitions étaient motivées par une fugue, 107 par l'attrait du suicide, 77 par un handicap mental et 44 par la maladie d'Alzheimer.
La Cellule a également mis en place un programme relatif à la découverte des restes humains (bras, pied, doigt...): pas moins de 70 trouvailles de ce type ont été faites en 2005, parmi lesquelles les services de police ont pu identifier l'appartenance de 59 restes humains. Subsistent toutefois 11 morceaux macabres qui n'ont pas révélé l'identité de leur propriétaire...
En Italie, d'après le dernier rapport du Commissariat pour les personnes disparues, les disparitions ont connu une croissance exponentielle au cours des dernières années, due principalement au départ des mineurs étrangers des centres d'accueil. De 1974 à 2010, on comptait 25229 personnes signalées comme disparues. En 2014, on a enregistré 149036 disparitions, chiffre qui a encore notablement augmenté en 2015, passant à 166280. Les régions les plus touchées sont le Lazio (7089), suivi de la Sicile (6362) et de la Lombardie (3562).

En Espagne, ce sont plus de 10 000 personnes qui disparaissent chaque année sans aucune cause apparente, soit 34 personnes par jour !
Un millier de cas concernant des enfants restent non résolus à ce jour, tel celui de Marta del Castillo, disparue à Séville le 24 janvier 2009, à dix-sept ans. Bien que son corps n'ait jamais été retrouvé, son ex-petit ami, qui a avoué l'avoir tuée avant de se rétracter, purge une peine de vingt ans.
En Angleterre, le Bureau des personnes disparues, basé à l'unité de police de Bramshill dans le comté de Hampshire, centralise, au niveau national et international, tous les cas de personnes disparues et de corps non identifiés. Il reçoit entre 850 et 1 000 cas par mois à traiter.
En Allemagne, le Bundeskriminalamt, créé en 1992, fait état d'environ 10 000 citoyens (dont près de deux tiers d'hommes) portés disparus, dans le pays et à l'étranger. Parmi eux, on dénombre près de 6 000 mineurs en fugue, dont la plupart sont retrouvés ou rentrent d'eux-mêmes. Le reste concerne essentiellement des enlèvements parentaux.
La moitié des 4 000 personnes majeures qui disparaissent chaque année serait retrouvée en moins d'une semaine, et 80 % dans le mois suivant la disparition. Beaucoup sont des récidivistes et

seulement 3 % d'entre elles continueraient d'être portées disparues au-delà d'une année. Les disparus restent fichés dans la base de données du Bundeskriminalamt pendant trente ans. La loi allemande prévoit qu'après dix ans d'absence tout disparu peut être déclaré mort.

Chère Patricia,

Le Cercle généalogique d'Aunis de La Rochelle a accepté de nous fournir son aide pour aller sur place faire une recherche dans le registre des entrées de l'hôpital civil de Rochefort, dans l'espoir d'y trouver quelque chose sur Gabrielle.

Hélas ! La personne qui s'y est rendue n'a pu consulter elle-même le registre en question, en raison du délai de prescription de cent cinquante ans. On n'a toutefois pas tout perdu puisque la responsable des archives, à titre exceptionnel, a effectué la recherche et m'avise qu'elle n'a « rien trouvé » au nom de Gabrielle Simonne (elle a écrit Simone avec un seul n...).

Alors là, vraiment, je suis plus que perplexe ! Votre démarche auprès du conseil général n'avait abouti à rien, et rien non plus dans les registres hospitaliers !

Gabrielle n'aurait-elle été remise « par-dessus le grillage » aux Seray qu'après 1911 (d'où son absence des deux recensements) ? En ce cas, nos recherches seront vaines tant qu'on les mènera sur la période de 1904...

Je vous embrasse bien fort,
Nelly

« C'était mieux ainsi »

Sur le mur de la cuisine, le calendrier de la poste affiche l'année 1993. Comme tous les jours, Jean-François avale un café noir, enfile son imperméable et prend le chemin de son travail. Plus personne ne le reverra.

Ni son fils, Alexandre, alors âgé de six ans, ni sa belle-mère, qui l'hébergeait en attendant qu'il trouve un emploi stable et un logement. Ni, *a fortiori*, son ex-femme, partie refaire sa vie en Belgique.

Vingt ans après, Alexandre me demande de l'aider à découvrir ce qui a bien pu arriver à son père ce fameux jour de 1993…

Le fait qu'il soit parti sans aucun signe avant-coureur, sans prendre ses affaires ni retirer la moindre somme d'argent m'incite à penser qu'il s'agit peut-être d'une disparition inquiétante…

Je balaie ce mauvais pressentiment et me raccroche à son état d'esprit des derniers mois.

Soutenu par son ex-beau-frère Daniel, dont il était resté très proche, il projetait de reconquérir son ex-femme et s'y employait avec brio. En trouvant un emploi de barman d'abord, dans un bowling de Nice, puis un appartement, avenue de la Californie. Que s'est-il passé pour qu'il reparte, quelques semaines plus tard à peine, chez son ex-belle-mère à Bourgoin-Jallieu, d'où il a définitivement disparu ? Là encore, vingt ans après les faits, ni le personnel de l'établissement, ni ses anciens voisins ne se montrent aptes à me renseigner.

Mon enquête est au point mort.

En dernier recours, je fais appel à un « contact », une source d'informations confidentielle, pour savoir si Jean-François « existe » sur le plan administratif. S'il est inconnu de la Sécurité sociale, des impôts ou des caisses de retraite, il peut être mort « sous X » ou à l'étranger… Et contre toute attente, c'est sur les hauteurs de Toulon, à moins de deux heures de route de Nice, que nous retrouvons sa trace ! Après être sorti des radars pendant plusieurs années, celui-ci serait donc bel et bien vivant… Hébergé chez un couple, à qui il rend de menus services. On ne se refait pas… En arrivant sur place, je suis accueillie avec méfiance, mais je convaincs rapidement mes interlocuteurs de la bienveillance de ma démarche. Son fils ? Il n'en avait parlé à personne. On le croyait sans famille.

Je rejoins Jean-François sur le chantier où il travaille. Ma présence le fait sourire, il se demande probablement ce qui peut bien amener une femme en talons aiguilles dans un tel endroit ! Son visage change d'expression lorsque je lui annonce que je viens de la part de son fils, Alexandre. Et il essuie une larme en redécouvrant ces photos de lui enfant que je lui tends, pour lui prouver que tout ceci est bien réel.

— C'est elle qui est partie en Belgique… Ça fait longtemps… J'étais attaché à mon fils, mais je n'avais pas d'autre choix, j'étais devenu un poids pour cette famille… C'était mieux ainsi.

Il accepte aussitôt les retrouvailles et Alexandre nous rejoint dès le lendemain, à Toulon. Jean-François s'est mis sur son trente-et-un. Il est rasé de près et attend l'arrivée de son fils, heureux comme jamais, dans un salon de l'hôtel où ils se sont fixé rendez-vous.

Quand il l'aperçoit, Alexandre reste figé. Il a attendu ce jour avec tant d'espoirs et de désespoirs qu'il ne parvient plus à décrocher son regard du visage de son père.

Pendant de longues secondes, ils se prennent dans les bras.

— Je suis très content de te voir… Je ne savais pas ce que ta mère avait pu te dire… C'était difficile de reprendre contact avec toi, je me demandais ce que tu pensais… Je me disais que c'était sans doute mieux ainsi. Mais j'ai pensé à toi souvent tu sais, je n'ai pas eu d'autre enfant…

Ils se regardent sans trop savoir quoi se dire. Ils échangent leurs goûts, se découvrent des points communs :

— Je mange, je mange, je grossis pas ! dit le fils.

— Moi non plus, dit le père. Pourtant je mange de tout, sauf les légumes, rien à faire, ça ne passe pas !

— Moi, c'est pareil ! constate le fils en rigolant.

Jean-François n'oubliera certainement jamais le bonheur que lui ont procuré ces retrouvailles avec son fils. Mais on ne se débarrasse pas si facilement de ses vieux démons… L'orphelin qu'il était, sans famille, sans attache, n'a pas su maintenir le lien fragile que son fils ne demandait qu'à tisser. Il a esquivé une nouvelle rencontre, cessé de répondre au téléphone et a disparu de nouveau, comme il l'avait fait vingt ans plus tôt.

PROFIL TYPE DU DISPARU

Mon observation du phénomène de la « disparition volontaire », menée sur vingt-cinq ans, m'a permis d'établir un « profil type » du disparu et de ses motivations à tout quitter, « du jour au lendemain », mais avec une préméditation latente, sous-jacente, inconsciente : rupture sentimentale ou tensions familiales, dépression, endettement, sentiment de rejet.

Dans la grande majorité des cas, le « disparu » est un homme, en situation d'échec

(professionnel et personnel), pupille de l'Assistance publique, de père ou de mère inconnus et doté d'un prénom pour patronyme (David, Simon, Jacques, Bertrand, etc.)… Comme pour mieux se fondre dans l'anonymat.
Tout quitter du jour au lendemain… Ce comportement extrême est souvent le signe d'une carence affective dans l'enfance. Elle induit une phobie de l'abandon que la première difficulté va réveiller, une incapacité à construire durablement. On se rend maître dans l'art de « fuir le bonheur de peur qu'il ne se sauve ».
Raison amoureuse, rupture douloureuse… L'incapacité à se soumettre aux règles d'une vie de famille ou à supporter l'emprise de tiers est le plus souvent le fait d'individus n'ayant eux-mêmes pas connu de schémas familiaux riches et structurés. La relation avec le père ou son absence, notamment, est un facteur de fuite chez quasiment tous les individus dont la vie sentimentale n'est pas ou plus satisfaisante. Ils ne se remarient d'ailleurs pas et vivent sous l'identité d'une compagne lors-qu'ils en ont une, dans des villages ou des petites villes où personne ne les connaît sous leur véritable nom. Pour refaire sa vie ailleurs sans risquer d'être retrouvé, il suffirait donc de changer de look, d'identité, ou de se faire héberger chez un tiers…
Au niveau comportemental, une constante aussi : le « disparu » rompt radicalement

tout contact, non seulement avec le sujet jugé responsable du départ, mais avec l'ensemble de l'entourage familial, amical et professionnel.

Dans tous les cas, on note une incapacité à revenir lorsqu'on a réussi à partir, par peur du jugement principalement, et, paradoxalement, un désir inconscient d'être retrouvé.

Quant aux demandes de recherche des disparus, elles émanent majoritairement de femmes, même lorsque la personne directement concernée par cette absence est un homme, conjoint ou ami.

« C'est encore pire que la prison »

Certains jours, Josiane se dit qu'elle aimerait bien recommencer sa vie, la reprendre au moment où elle n'était encore qu'une jeune fille de bonne famille qui s'ennuyait un peu…

Enceinte à l'âge de dix-sept ans, elle prend la décision, malgré l'avis de son entourage, de garder l'enfant. Elle accouche d'un petit garçon, Stéphane, qui sera reconnu par son père, Roger, à l'âge de six ans. Dans la foulée, Roger et Josiane se marient, mais le cœur n'y est plus et ils ne tardent pas à se séparer. Cette dernière s'installe avec son fils dans un petit appartement à Asnières, en région parisienne, et tombe bientôt sous le charme, puis enceinte, d'un de ses voisins… Ses parents voient d'un très mauvais œil cette nouvelle liaison qu'ils pensent, tout autant que la première, vouée à l'échec. Et l'avenir leur donnera raison.

— Jean-Marc était un marginal. Il ne travaillait pas, traînait toute la journée avec une bande de copains peu recommandables, mais l'argent ne lui faisait jamais défaut. C'était la belle vie, je ne me posais pas de questions…

Jusqu'au jour où la future maman reconnaît son homme à la une de *France-Soir* : avec sa « bande », il a braqué une agence de change à Opéra ! Jean-Marc est condamné à la perpétuité pour attaque à main armée et homicide volontaire sur un agent de la force de l'ordre dans l'exercice de ses fonctions. Les lourdes portes de la prison de Fresnes se referment sur lui au moment même où sa petite Pauline pousse son premier cri.

Josiane voudrait la reconnaître, mais, n'étant toujours pas divorcée de Roger, le père de son premier enfant, elle n'est pas autorisée à lui donner son propre nom et se voit contrainte d'accoucher sous X. Il faudra en effet attendre la loi de 1972, promulguée sous la présidence de Georges Pompidou, pour que soit autorisée la reconnaissance des enfants adultérins. Grâce au soutien de deux inspecteurs de police amis de ses parents, elle parvient toutefois à quitter l'hôpital d'Asnières avec son bébé.

Elle trouve refuge auprès de ses parents, de sa tante, puis de sa grand-mère, mais partout, elle sent qu'elle n'est pas la bienvenue avec « le bébé d'un truand ». Ne sachant plus où aller, elle dort pendant quelques jours dans des halls d'immeuble et des cages d'escalier.

Les deux inspecteurs l'aident à obtenir du juge d'instruction l'autorisation de se rendre à Fresnes pour présenter Pauline à son papa. Celui-ci reconnaît sa fille, mais engage Josiane à tirer un trait sur leur histoire pour essayer de refaire sa vie.

Seule avec deux enfants à charge, elle se décide à suivre le conseil des services sociaux : elle place sa fille de huit mois aux « Enfants assistés » le temps de se retourner. Lorsqu'elle va lui rendre visite, elle est effarée :

— On me l'arrachait des bras quand je voulais la câliner… En quelques semaines, c'était devenu un bébé qui portait la tristesse sur son visage. Plus d'une fois j'ai pensé m'enfuir avec elle mais avec toutes ces portes à franchir, je n'avais aucune chance… La DDASS, c'est encore pire que la prison !

Puis un beau jour, ou plutôt un triste jour, on lui annonce que l'enfant dont elle prétend être la mère a été transférée dans un centre de l'Essonne.

Lorsqu'elle finit par être autorisée à s'y rendre, Pauline sait déjà marcher et elle évite le regard de cette dame qu'elle ne connaît pas en se cachant derrière ses petits poings. Personne n'intervient pour lui faciliter la tâche. On lui laisse même sous-entendre que, n'étant pas la mère avérée de l'enfant, elle peut s'estimer heureuse de l'avoir approchée.

Josiane baisse les bras et sombre dans la dépression. Son divorce est prononcé, mais elle ne tentera plus rien pour faire valoir ses droits sur Pauline avant de longues années. Pour autant, elle ne se pardonnera jamais d'être ainsi sortie, du jour au lendemain, de la vie de sa fille.

— Quand j'ai refait surface, il m'a fallu encore longtemps pour apprendre que la loi me permettait à présent de reconnaître Pauline… À la mairie d'Asnières, j'ai fait inscrire sur son acte de naissance tout ce que je pouvais : mon nom, mon adresse, ma profession… Si j'avais pu, j'aurais aussi mis mon numéro de téléphone ! Je n'ai pas retrouvé sa trace, mais elle a désormais, si elle le souhaite, la possibilité de retrouver la mienne.

Elle n'a pas retrouvé sa trace et pour cause : sa fille vivait à près de 10 000 kilomètres d'elle, sur l'île de La Réunion ! Et c'est justement en demandant son acte de naissance en vue de son mariage qu'elle a pu, elle aussi, réaliser son vœu le plus cher, celui de revoir sa mère.

TU QUOQUE, MI FILI !

Le Code civil de 1804 fondait la filiation sur le mariage. L'enfant naturel était hors la loi : né d'un « commerce » adultérin, il vivait en marge de la société légale, car

la recherche de paternité était interdite. Les enfants naturels ne pouvaient être reconnus et par conséquent, hériter de leurs parents.
Rien dans ce domaine n'évolua réellement jusqu'à la loi du 3 janvier 1972, entrée en vigueur le 1er août 1972, qui établit l'égalité entre les filiations légitime et naturelle. « L'enfant naturel a en général les mêmes droits et les mêmes devoirs que l'enfant légitime dans ses rapports avec ses père et mère. Il entre dans la famille de son auteur » (art. 334).

UN DISPARU RECHERCHÉ PAR TOUTES LES POLICES

Depuis le mois d'avril 2011, où les corps de sa femme, Agnès, de leurs quatre enfants et de leurs deux labradors, ont été retrouvés ensevelis sous la terrasse de leur maison à Nantes, les enquêteurs sont à la recherche du moindre indice qui les mettrait sur la voie d'une certitude. L'affaire est d'autant plus troublante que le « disparu » a vidé les appartements de ses deux fils et que sa présence a été certifiée par des témoins et les caméras de surveillance d'un hôtel dans le sud de la France.
Qu'est devenu Xavier Dupont de Ligonnès ? S'est-il suicidé ? S'est-il retiré dans un monastère, comme on l'a suggéré ? Est-t-il tout simplement, à l'issue de sa cavale, réapparu loin, bien loin de l'Hexagone sous une autre identité ?

Chère Patricia,

Votre grand-mère Gabrielle est un mystère !

Vous allez sans doute me trouver très obstinée, mais il reste pour moi parfaitement inconcevable que la petite Gabrielle soit passée au travers des mailles administratives, d'autant plus que les Seray n'étaient pas une famille aisée qui aurait pu acheter l'enfant… Et si on suppose que cela ait été le cas, Gabrielle aurait pris leur nom de famille. Or, elle a toujours gardé le nom de « Simonne ».

Quelque chose nous échappe, et je ne parviens pas à trouver quoi…

Je vous embrasse,
Nelly

« J'aurais dû prévoir le collier de nouilles ! »

Pour s'assurer que sa lettre ne passerait pas inaperçue dans le flot de demandes que je reçois, Josette avait misé sur l'originalité. C'est ainsi que je me retrouvai à décacheter l'enveloppe géante d'une carte d'anniversaire géante représentant un Bugs Bunny non moins géant qui me délivrait mille petits cœurs en me contant l'histoire de Fabienne, son amie d'enfance.

Fabienne, qui venait de fêter ses cinquante-quatre ans, rêvait depuis toujours de rencontrer son père, qui ne l'avait pas reconnue et avait disparu brusquement de la vie de sa mère. Elle supposait qu'il avait refait sa vie et craignait plus que tout de troubler la paix de sa nouvelle famille ; aussi avait-elle tout prévu : elle se contenterait de l'observer de loin, de le regarder vivre, pendant plusieurs jours peut-être, et ce serait déjà merveilleux.

Josette résumait à mon intention les maigres éléments dont disposait Fabienne : son père s'appelait Robert S., nom dont elle ignorait l'orthographe, et avait travaillé comme tuyauteur pour l'entreprise Montalev de Grenoble. Sur son âge, son origine, son entourage, elle ne possédait aucun renseignement, sa mère refusant absolument d'aborder le sujet.

L'entreprise grenobloise Montalev n'existait plus depuis déjà un certain nombre d'années, mais je parvins à retrouver une bonne centaine de ses anciens employés. Trois d'entre eux seulement se souvenaient de Robert, mais aucun n'avait gardé contact avec lui. L'un d'eux retrouva dans un vieux calepin un numéro de téléphone qui lui avait été affecté un temps mais qui ne figurait dans aucun annuaire de l'époque. S'il était sur liste rouge, les choses se corsaient…

Pendant des mois, inlassablement, j'ai contacté une à une les mairies et les entreprises de tuyauterie des départements correspondant à l'indicatif de ce vieux numéro – le Gard, le Vaucluse et les Bouches-du-Rhône –, étudié les recensements militaires, contacté toutes les personnes portant ce nom, et j'ai fini par retrouver Robert S., sous une graphie toute différente de celle attendue !

Divorcé depuis peu et père de deux autres enfants, il coule aujourd'hui une retraite paisible dans une bourgade, à une soixantaine de kilomètres de La Rochelle. Après m'être assurée que la nouvelle serait bien accueillie, je transmets son numéro de téléphone à Fabienne, qui, au bout de deux jours d'hésitation, s'enhardit enfin à l'appeler. Le courant passe immédiatement entre eux. Ils échangent des photos par Internet, constatent leur ressemblance, passent au tutoiement. Les grandes vacances approchant, Robert invite sa fille à venir passer quelques jours chez lui. Fabienne est sur un petit nuage : Robert l'accueille comme une reine : la table est dressée, sa chambre est prête…

— Devant lui, je me sens comme une petite fille… J'aurais dû prévoir le collier de nouilles ! Il est le papa dont toutes les petites filles rêvent : grand, fort, souriant, élégant, sûr de lui… Si on décernait la médaille d'or de la joie et du bonheur, pas de doute, en 2016, elle serait pour moi ! m'assure-t-elle.

Mais à son retour dans le Jura, une mauvaise surprise l'attend. Sa mère, qui la soupçonne d'avoir retrouvé son père, s'arrange pour semer le doute dans son esprit en suggérant que son père n'est peut-être pas Robert, mais l'homme dont elle divorçait au moment où elle l'a rencontré !

Finalement, un test ADN l'a tranquillisée. Robert, lui, n'avait aucun doute.

Dans la foulée, il présente Fabienne à ses enfants, Marielle et Yves, qui ignoraient son existence mais lui font très bon accueil. Le séjour se poursuit dans la bonne humeur générale, jusqu'à ce qu'une accumulation d'événements en apparence anodins convainque Fabienne de la démesure des sentiments de Robert à son égard. Sans compter que son père, ce héros, se révèle dans le même temps cassant et capable de la sermonner comme une enfant irresponsable, exigeant d'elle une attention de tous les instants.

On ne choisit pas ses parents et ils nous déçoivent d'autant plus si on les a idéalisés ! Mais trouver son père aura permis à Fabienne de retrouver sa mère, de comprendre et d'accepter que le mur de silence qu'elle avait érigé à son sujet n'était destiné qu'à la protéger.

Chère Patricia,

Nous avons beaucoup de chance d'avoir eu la confirmation que deux filles d'Odette sont bien encore en vie : Germaine Gireau (née en 1925) et Maud Gireau (née en 1927). Nous avons aussi par bonheur localisé un de leurs neveux, fils d'Edmond Gireau (1932-2001), Bruno Gireau.

Germaine Gireau étant née à Rochefort, elle a peut-être fréquenté la même école que votre papa ! Si les noms de « Seray », ou éventuellement « Menanteau » disent quelque chose à Germaine, ce serait déjà bon signe…

En attendant que Bruno rende visite à sa tante Germaine, qui vit en maison de retraite, pour lui parler de notre recherche et lui montrer les photos que vous lui avez adressées par mail, c'était une excellente idée d'appeler Maud ! Vous avez dû être déçue de constater que votre histoire ne lui rappelait rien du tout. Comme elle vous le dit elle-même, on va attendre que sa grande sœur Germaine, « la mémoire de la famille » comme elle l'appelle, nous livre ses souvenirs…

En tout cas, ce déjeuner qui réunira votre papa et Maud, qui ne vivent pas à une distance kilométrique très grande – de Draguignan à Collobrières, la route est agréable – est une belle initiative, et vous permettra de prélever un peu de salive pour le test génétique… Je suis d'accord avec vous que le coût tendrait à être dissuasif (399 euros et 50 euros de Chronopost, tout de même !), mais c'est une occasion unique et, comme l'a dit votre papa avec humour, vu l'âge des participants à la chose, il ne faut pas trop tarder !

Je vous embrasse bien fort,
Nelly

« Sans espoir de réponse »

Lorsqu'une personne choisit de disparaître, on serait tenté de croire que plus son absence s'éternise, moins elle est douloureuse. Loin des yeux, loin du cœur, en quelque sorte... Mais c'est exactement le contraire qui se produit. Le mari de Jennifer est bien placé pour le savoir :

— Jennifer a ressenti très fort le besoin de retrouver sa maman à la naissance de notre premier enfant, Vincent. Et aujourd'hui qu'on en a trois, ce besoin est multiplié par trois ! Si elle refuse de la voir, elle sera fixée. Elle pourra refermer le livre une bonne fois pour toutes !

La jeune femme ne se sépare jamais d'une lettre que sa mère, Josiane, a adressée à sa famille, en 1979, pour leur annoncer sa joie d'avoir donné le jour à « une petite Jennifer ». Mais la nouvelle est assez mal accueillie et leurs relations se dégradent rapidement. Josiane dépose sa fille chez sa sœur Josette, qui a déjà plusieurs enfants et incarne à ses yeux une stabilité qu'elle-même n'est pas en mesure de lui offrir, puis disparaît.

Toutefois, Jennifer n'aura pas l'enfance heureuse que sa mère espérait sans doute pour elle. Elle ne s'entend pas avec sa tante. Aussi, à onze ans, est-elle placée en foyer à Bordeaux. Entre ses dix-sept et dix-neuf ans, elle vit en maison d'accueil, mais continue néanmoins à rendre visite de temps à autre à Josette, avec laquelle les relations se sont apaisées.

Après une visite infructueuse à la dernière adresse connue de Josiane, je me rends chez Josette. Au terme d'une heure d'entretien, j'ai le sentiment que les autres membres de la fratrie, avec lesquels elle est brouillée, en savent bien plus long qu'elle sur le compte de leur sœur disparue.

En effet, l'une des sœurs croit savoir que Josiane a depuis longtemps quitté la région de Bordeaux et vivrait en Belgique, où elle aurait épousé un avocat. Quant au frère, Jean-Paul, il a conservé des albums entiers de photographies de Josiane, et des souvenirs douloureux de sa jeunesse. Un père qui abuse d'elle et la met à la porte lorsqu'elle se retrouve enceinte à dix-sept ans, des frères et sœurs qui la jalousent et un compagnon qui la quitte après la naissance du bébé.

Jean-Paul pense également que, au moment où elle a coupé les ponts avec sa famille, Josiane est partie refaire sa vie en Belgique. En attestent quelques clichés récents, pris à Ostende.

Mais la recherche d'une personne disparue n'est pas chose aisée dans le plat pays, comme je vais en faire bientôt l'expérience. Ainsi, au consulat de France, rien ne filtre des données concernant les autochtones installés en Belgique. Il en va de même pour le Registre national de la population, qui m'aurait sans doute été d'une aide inestimable. Toutefois, en interrogeant patiemment les dix-neuf communes bruxelloises, je parviens à arracher une information décisive : l'adresse de Josiane dans une banlieue proche de la capitale.

Au pied de son immeuble, je tourne et retourne dans ma tête tout ce que je dois dire, et surtout ne pas dire pour qu'elle accepte de m'écouter et de revoir sa fille, quand je la vois déboucher au coin de la rue. Elle traîne un Caddie, et un compagnon plus âgé qu'elle. Elle me laisse à peine le temps de lui expliquer ma démarche :

— J'ai assez souffert comme ça… Je veux qu'on me foute la paix, maintenant !

J'ai beau la rassurer de toutes mes forces, lui présenter les photos que j'ai prises avec mon portable de sa fille, de son gendre et de ses petits-enfants, rien n'y fait. Plusieurs décennies se sont écoulées depuis son départ, mais elle vit toujours dans la crainte, dans la terreur de sa famille. Elle ne doit sa survie qu'à sa fuite.

— Si ma fille veut me voir, qu'elle me téléphone ou qu'elle m'écrive ! me lance-t-elle avant de tourner les talons.

Jennifer s'est exécutée, toute à la joie d'avoir obtenu une adresse, une accroche, une ouverture. Elle a sorti sa plume et ses tripes, mais n'a jamais reçu de réponse à son courrier. Récemment, elle a refait une tentative. Elle espère toujours la voir, au moins une fois, pour parvenir enfin, s'il le faut, à « refermer le livre » :

Chère Josiane,

Je vous écris cette lettre sans espoir de réponse de votre part.

Je voulais prendre contact avec vous, pas pour vous parler de votre passé, mais pour créer un avenir avec vous, et vous faire partager le bonheur que je vis au quotidien avec ma famille. J'aurais tellement aimé vous la faire connaître, car je ne me doutais pas que c'était une chose possible, d'être heureuse en famille !

Je ne vous demande pas d'être une mère mais au moins de devenir mon amie.

Enfin, sur ces quelques phrases, je vous laisse à vos occupations dans l'espoir qu'un jour vous changerez d'avis.

Jennifer

CHANGEMENT D'IDENTITÉ

D'après l'Observatoire national de la délinquance et des réponses pénales (ONDRP), près de 120 000 suspects « mis en cause dans une affaire pénale » en 2014 ont déclaré « au moins deux identités ». En cinq ans, les fausses identités ont progressé de 21 %.

Selon Christophe Naudin, expert en criminalité identitaire, le chiffre réel est probablement bien supérieur : « Sans doute 200 000 fraudes à l'état civil, si l'on croise les chiffres du ministère de l'Intérieur avec les données des acteurs privés, comme les organismes sociaux ou les banques. » Un chiffre qu'il faudra sans doute encore revoir à la hausse avec l'explosion des flux migratoires et leur cortège de fraudes orchestrées par les passeurs.

Depuis les attentats du 13 novembre 2015, la fragilité du système de reconnaissance des identités a éclaté au grand jour. Interpol estime que 450 000 faux passeports circulent désormais en Europe. L'industrie de la fausse identité n'est pas seulement le fait des mafias internationales, prospérant sur la traite des êtres humains. Elle est aussi une arme entre les mains des réseaux terroristes, notamment islamistes.

Chère Patricia,

Vous avez dû être ébranlée par les propos de Germaine, la « mémoire de la famille », que vous a rapportés Bruno. Je crois qu'il faut prendre avec prudence son conseil de rechercher plutôt du côté d'un des frères d'Abel, Jules, dont la femme Amélie Geay, « mauvaise épouse et très mauvaise mère », serait susceptible d'être la mère de Gabrielle. N'oublions pas qu'Abel et Marie-Madelaine Betesta étaient les grands-parents de Germaine, aussi peut-elle avoir du mal à imaginer un tel geste venant d'eux…

Merci de m'avoir adressé les photos, celles de votre papa avec Maud, lors de ce déjeuner à Collobrières (j'adore celle où ils sont tous les deux appuyés sur leur canne en train de rire !), et celles que Bruno Gireau vous a adressées de ses grands-parents Odette et Étienne. Je ne peux pas être vraiment formelle, mais en juxtaposant la photo d'Odette de face avec celle de Gabrielle prise très jeune, je vois la même forme de mâchoire, un nez à peu près pareil. Seule la bouche semble un petit peu différente.

Il est possible qu'il n'y ait aucun lien de parenté et que l'on soit sur une mauvaise piste, comme le pense Germaine… Heureusement que le test ADN nous permettra bientôt d'y voir clair…

Encore un peu de patience, on n'est plus très loin du but !

Je vous embrasse,
Nelly

« Le jour de l'anniversaire de Marie »

Mina, jeune orpheline, avait instantanément trouvé du réconfort auprès d'Alfred, dans ce camp de Halberstadt où tous deux venaient d'être faits prisonniers. Lui arrivait de France, elle de Russie, où elle avait été arrêtée en 1942 avant d'être affectée, comme lui, à la réparation et à l'entretien des avions de la Luftwaffe.

— Alfred ajustait les ailes à la carlingue pendant que je les perçais. Ensuite, il fallait placer les rivets et visser. En parlant en allemand, on arrivait très bien à communiquer. Et de fil en aiguille…

Le 8 décembre 1944, Mina accouche à l'hôpital russe de Treïwiz d'une petite fille. En janvier, Alfred obtient l'autorisation de sortir du camp pour aller voir sa petite Marie. Puis c'est le retour au camp d'Halberstadt, où le couple est séparé. Mina allaite son bébé, qu'elle met dès qu'elle en a l'occasion dans les bras de son père au travers du grillage.

Libérés le 5 mai 1945, Mina et Alfred n'aspirent qu'à entamer une vie de famille mais la préfecture de Police de Paris exige qu'ils apportent la preuve de leur lien de parenté avec la petite Marie. Aucun acte de naissance n'ayant été établi, Mina et Alfred la reconnaissent après avoir officialisé leur union à la mairie de Levallois-Perret. On leur délivre alors, pour leur fille, une pièce d'identité peu courante : un certificat de vie.

Le quotidien s'installe : Alfred a trouvé du travail dans une boulangerie et Mina, encore peu à l'aise en français, s'occupe du foyer. Deux petits garçons vont naître, mais Alfred ne croit pas en être le père. Lui-même s'est épris d'une autre femme, Claudia, et abandonne bientôt femme et enfants pour aller s'installer avec elle.

— Il est parti en 1952 en emmenant Marie, déplore Mina, me laissant seule, sans ressources, avec les deux derniers. Pour survivre, je n'ai pas eu d'autre choix que de les confier à une nourrice et d'accepter un travail dans une entreprise de mécanique.

Pour pouvoir continuer à voir sa fille, Mina emménage dans une petite chambre à proximité de l'hôtel où Alfred et Claudia ont élu domicile, dans le 12e arrondissement de Paris.

À la demande d'Alfred, qui persiste à renier la paternité des deux autres enfants, le divorce est prononcé en 1954 et la garde de Marie lui est confiée. Il quitte aussitôt la capitale avec sa fille et sa future épouse. Mina ne les reverra plus.

— Depuis que je suis petit, m'explique Anthony, qui m'a contactée, quarante-trois ans après cette disparition soudaine, pour aider sa mère à retrouver la trace de Marie, j'ai toujours appréhendé le 8 décembre parce que je savais que c'était le jour de l'anniversaire de Marie et que ma mère allait être en pleurs toute la journée… Vraiment, comme elle nous le répète souvent, c'était bien la peine qu'elle se soit tant battue au camp pour garder sa fille si c'était pour se la faire enlever comme ça !

En quelques démarches administratives, je découvre qu'Alfred a épousé Claudia en 1956 à Nice. Leur acte de mariage m'aurait apporté moult détails intéressants mais je n'y ai pas accès. Je me rabats sur le fichier des électeurs de la ville, où j'apprends qu'ils ont déménagé pour Èze, un village pittoresque des Alpes-Maritimes, juché sur une colline surplombant la mer.

Il a passé bien de l'eau sous les ponts et il ne reste rien de l'aigre rancœur d'Alfred contre Mina, sa première épouse. Bien au contraire. Je le constate sitôt que je lui annonce le motif de ma recherche :

— Je me suis souvent dit que je n'aurais pas dû partir comme ça, que ce n'était pas bien de faire ça, me confie-t-il spontanément… Mais

Marie, quand elle est née dans ce camp, où, à côté de nous, les gens tombaient et mouraient, elle nous a redonné tellement d'espoir que j'ai ressenti le besoin de l'emporter au loin pour la protéger…

La petite survivante du camp d'Halberstadt est restée proche de son père, affectivement et géographiquement. Comme sa mère, elle est devenue maman de trois enfants. Comme sa mère, elle espérait que ce jour viendrait.

Des mystères non résolus

« Une si longue attente »

Au mois d'août 1974, Franck Bertrand, âgé de dix-huit ans, met de l'ordre dans sa chambre située sous les toits d'un immeuble cossu du 5e arrondissement, dépose les clés chez la concierge, et s'en va.

Pourquoi n'est-il jamais revenu ? Que lui est-il arrivé ? Est-il encore vivant ? Le fleuve des années a coulé, mais les questions restent pour ceux qui l'aimaient.

Car tous ceux qui ont approché Franck Bertrand gardent l'image d'un jeune homme exceptionnel, comme on en croise peu : intelligent, caustique, provocateur. Il a déclaré une guerre ouverte au milieu dans lequel il a grandi et tourne en dérision les valeurs bourgeoises, qui ne sont à ses yeux que lâches compromissions et médiocres accommodements. Lecteur assidu de l'*Internationale situationniste* dont les écrits faisaient alors florès, partisan de la libération sexuelle – qui, selon lui, permettrait à la femme d'accéder à un rôle social autrement plus actif que celui tenu par sa mère dans l'ombre de son père ! –, il écrit des textes de fiction, développe ses photographies, réalise des petits films avec ses amis.

En 1972, élève parmi les plus brillants du lycée Lavoisier, il se fait pincer avec cinq amis en train de sécher les cours pour refaire le monde au café du coin. Les cinq camarades ayant fait amende honorable, il sera le seul à passer en conseil de discipline, qu'il affrontera avec bravache, un magnétophone planqué dans son cartable pour enregistrer la scène, comme le relate le film passionnant intitulé *La Disparition*, que Juliette Cahen a réalisé en 2003 sur ce jeune homme hors normes.

Exclu de l'établissement au mois d'avril, Franck Bertrand passe le baccalauréat en candidat libre. Il obtient la mention « très bien », avec 20/20 en maths et 18/20 en physique-chimie !

Appels lancés dans les journaux, en France et à l'étranger, détectives privés, radiesthésistes… : les proches de Franck multiplient les démarches tous azimuts. Ils furent parmi les premiers à déposer un avis de recherche sur mon site[1] à sa création, en 2000. Dès 1990,

1. https://personnedisparue.com

année où il prend sa retraite, son père, Gilles Bertrand, frappe méthodiquement aux portes de toutes les ambassades de France à l'étranger pour essayer de retrouver la trace de son fils. Il mourra en 1999 sans avoir obtenu de certitude. Bien des années plus tard, une ancienne camarade de classe racontera avoir croisé Franck sur une grande place très peuplée de New Delhi et lui avoir parlé. C'était en septembre 1974, soit à peu près un mois après sa disparition.

Se fondant sur son engagement jusqu'au-boutiste, ses amis continuent de voir dans son départ un choix idéologique en conformité avec la pensée situationniste qui, établissant le constat que l'art était mort, prônait la vie comme un geste artistique...

AVIS DE RECHERCHE

Nom : BERTRAND
Prénom : Franck
Sexe : Masculin
Date de naissance : 15/12/1955
Ville de naissance : Paris 8e
Pays de naissance : France
Nationalité : Française
Disparu le : 14/09/1974
Lieu de la disparition : New Delhi – Inde

« C’est pas normal, d’agir comme ça »

Elle n’a pas revu son fils depuis trente ans, mais elle espère encore son retour, chaque jour. Elle, c’est Christiane, habitante de l’Eure, qui s’est fait tatouer le prénom de ce grand absent sur l’avant-bras : Johann. Elle me montre les dernières photos du bambin aux yeux bleus et aux cheveux blonds comme les blés, prises pour l’anniversaire de ses deux ans, trois jours avant sa disparition.

Ensemble, nous remontons le temps pour comprendre comment les événements se sont déroulés :

— Avec Denis, le père de Johann, on ne s’entendait plus. Nous avions l’un et l’autre des enfants d’une première union, mais notre famille recomposée ne fonctionnait pas et nous nous disputions constamment. Un après-midi, après un énième désaccord, je l’ai menacé de demander le divorce et la garde de notre fils.

Il a aussitôt pris Johann dans ses bras, l'a jeté à l'arrière de sa voiture, a démarré en trombe, et on ne les a plus jamais revus. Même le véhicule n'a jamais été retrouvé.

Une enquête policière a été menée, de nombreux articles sont parus dans la presse régionale, des appels à témoin ont été lancés. Rien. En l'absence de tout élément, l'affaire a été classée.

Corine et Magali, les filles de Denis T., n'avaient qu'une dizaine d'années au moment du départ brutal de leur père, mais elles en gardent une blessure profonde :

— Nous, on n'était pas là ce jour-là... Mais c'est pas normal d'agir comme ça ! Aujourd'hui encore, on se demande s'il ne va pas revenir... On a gardé sa carte d'identité. Peut-être qu'avec l'aide d'Alain, son copain docker, il a pris un bateau pour l'Angleterre, comme les clandestins... Mais qu'est-ce qu'il a raconté à Johann ? Sait-il seulement qu'on existe ?

Même son de cloche du côté de Didier, le frère jumeau de Denis, avec qui le reste de la famille est brouillé depuis longtemps :

— Je ne sais rien de plus. Au moment où il est parti, on n'était pas à la maison, ma femme et moi. Quand on est rentrés, notre fille nous a dit que Denis avait téléphoné pour dire qu'on ne le reverrait jamais plus.

Et lorsqu'il arrive à couvrir la voix de Françoise, sa femme, qui crie sa haine contre

Christiane, qui leur a fait « avoir tant de problèmes avec la gendarmerie », il avoue qu'il s'en veut de ne pas être allé tout de suite au Havre le chercher…

Mon enquête se poursuit donc du côté d'Alain, le meilleur ami. J'ai appris qu'il était décédé d'une crise cardiaque peu avant son quarantième anniversaire, mais je ne désespère pas de retrouver sa veuve, qui tenait à l'époque *Le Maritime*, un bistrot sur le port. Après un jeu de piste dans les rues du Havre, je finis par lui mettre la main dessus.

— Le jour où Denis a disparu, m'explique-t-elle, il devait venir manger au restaurant et rester pour le week-end à la maison. Mais il n'est pas venu. Et il n'a jamais recontacté Alain, qui en a bien souffert… Je ne sais pas ce qui lui est passé par la tête, à Denis, mais je sais qu'il avait très mal vécu son premier divorce avec la garde de ses filles confiée à son ex-femme… Est-ce que c'est pour ne pas revivre ça qu'il est parti avec Johann ? En trente ans, tout de même, on les aurait localisés s'ils vivaient quelque part !

Alors, cher lecteur, si toi ou l'une de tes connaissances a autrefois croisé la route d'un père nerveux et de son petit garçon blond, ou si tu es simplement en possession d'un indice, si infime soit-il…

AVIS DE RECHERCHE

Nom: TERRIER
Prénom: Johann
Sexe: Masculin
Date de naissance: 20/08/1981
Ville de naissance: Vernon (27)
Pays de naissance: France
Disparu le: 23/08/1983
Lieu de la disparition: Aubevoye (27) – France
Véhicule: 305 beige diesel immatriculée 27

« Ne jamais baisser les bras »

Depuis 1943, inlassablement, Charlotte Sendyk recherche son frère aîné, Marcel. Elle a aujourd'hui quatre-vingt-trois ans mais le temps n'a pas eu de prise sur ses souvenirs de jeunesse avec lui.

En 1931, les époux Sendyk quittent la Pologne pour s'installer à Paris. Avec leurs deux enfants, Beila/Berthe et Israël/Marcel, ils s'installent dans le 19e arrondissement où le père, Ajzyk Majer, ouvre un salon de coiffure. Leur troisième enfant, Charlotte, naît en 1934.

Au décès de sa femme, en 1939, il confie ses deux cadets, Israël/Marcel et Charlotte, à l'OSE (Œuvre de secours aux enfants), qui les envoie à la Maison d'enfants de Broût-Vernet, dans l'Allier. Beila/Berthe, elle, reste auprès de lui pour l'aider dans les tâches quotidiennes.

Mais en mai 1941, Ajzyk Majer Sendyk est arrêté dans la rafle du Billet Vert à Paris et interné au camp de Pithiviers. « Remis aux autorités d'Occupation », il est déporté le 17 juillet 1942 à Auschwitz par le convoi n° 6. Sa fille aînée, Beila/Berthe, sera déportée à son tour quelques jours plus tard.

— Lorsqu'on est arrivés à Broût-Vernet, on était loin d'imaginer qu'on y resterait trois ans, se souvient Charlotte. Il y avait des enfants qui arrivaient de partout, on devait être pas moins de 300 ! On formait une grande famille, le personnel était très gentil, et à l'école aussi, mais tout le monde avait la peur au ventre… Avec mon frère, on n'avait qu'une idée en tête : partir retrouver notre père et notre sœur. Mais on a fini par être dénoncés et il a fallu partir rapidement.

Le frère et la sœur sont alors séparés : Israël/Marcel est envoyé à Moissac, dans le Tarn-et-Garonne, et Charlotte dans la famille Migeois à Ballaison (Haute-Savoie), où elle restera jusqu'à la fin de la guerre. Elle se souvient qu'avec son amie Catherine Lazar, elles furent accueillies par le curé de Douvaine et qu'on les fit monter de nuit à travers vignes, pour que personne ne les voie.

Rapatriée à Paris à la fin de la guerre, Charlotte est déçue de ne pas y retrouver Marcel revenu de Moissac. Elle est prise en charge par sa tante, qui habite rue de Belleville. Les années passent, Charlotte se marie, donne naissance à cinq enfants, sans jamais renoncer aux recherches qu'elle entreprend au sortir de la guerre pour retrouver son frère.

— En 1994, mes enfants m'ont offert un voyage en Israël où j'ai fait la connaissance d'une personne qui m'a communiqué une adresse à laquelle écrire. C'est comme ça que j'ai appris que mon frère, Israël/Marcel Sendyk, avait vécu en Israël de 1948 à 1963 ! J'ai ensuite reçu un document de l'ambassade d'Israël qui confirmait cette information, mais me disait ignorer où il était parti ensuite.

De courrier en courrier, elle finit par obtenir du consulat général d'Israël à New York la certitude que Marcel a transité par les USA. On lui communique, en 2001, un extrait du registre de la population de New York où figure son frère. La piste de Marcel Sendyk s'arrête là.

— Malgré mon passé douloureux, j'ai appris à aimer la vie. Et je sais que jamais il ne faut baisser les bras… Je voudrais tant apprendre quelle a été la vie de mon frère *après* : est-ce qu'il s'est marié ? Est-ce qu'il a eu des enfants ? Est-ce qu'il est seulement encore en vie ?

AVIS DE RECHERCHE

Nom : SENDYK
Prénom : Marcel/Israël
Sexe : Masculin
Date de naissance : 18/01/1929
Ville de naissance : Varsovie
Pays de naissance : Pologne
Disparu en : 1943
Lieu de la disparition : Broût-Vernet (03) – France

Chère Nelly,

Alléluia !

Je viens d'ouvrir en tremblant l'enveloppe qui contient les résultats du laboratoire où j'ai envoyé les prélèvements de salive de mon père et de Maud, et, avant même d'appeler mon papa pour lui en faire part, je vous les transmets : « les deux individus sont issus d'un ancêtre maternel commun » !

Il y a donc une parenté commune entre Maud et mon père ! Odette Girere et Gabrielle Simonne étaient donc bien, comme vous l'aviez induit, des sœurs ! Je ne sais comment vous exprimer mon bonheur et mon immense reconnaissance, car si nous avons abouti à ce résultat, c'est entièrement à vous que nous le devons !

Découvrirai-je un jour, lorsque mon « cousin » (ça fait tout drôle !) Bruno Gireau m'aura ouvert sa malle de photos de famille, ou lorsque j'aiderai mon père à trier de vieux papiers, un indice qui nous permettra de comprendre pourquoi Marie-Madelaine Betesta, déjà maman de la petite Odette, a choisi d'accoucher sous X de Gabrielle ?

Dans l'attente, la caméra ne pourra que faire un travelling arrière sur une jeune accouchée qui, n'étant pas en mesure d'élever son enfant pour une raison qui reste un mystère, remet le bébé par-dessus le grillage à une femme enceinte, qui l'accueille volontiers et promet de s'en occuper avec toute la joie et l'amour dont elle est capable…

Je vous embrasse mille fois,
Patricia

Table

DES MYSTÈRES NON RÉSOLUS

Encadrés

Imprimé en France par CPI Firmin-Didot
en mai 2024
N° d'impression : 179968
ISBN : 978-2-38015-941-7
Dépôt légal : mai 2024